U0611240

书魅文丛
第二辑

孙卫卫 著

喜欢书二编

XIHUAN SHU ERBIAN

江西高校出版社

图书在版编目（CIP）数据

喜欢书二编 / 孙卫卫著. —南昌：江西高校出版社，2015.7
（书魅文丛·第2辑）
ISBN 978-7-5493-3579-4

Ⅰ. ①喜… Ⅱ. ①孙… Ⅲ. ①日记—作品集—中国—当
代 Ⅳ. ①I267.5

中国版本图书馆 CIP 数据核字（2015）第167843号

责 任 编 辑	宋美燕　蔡阳意
装 帧 设 计	邓家珏
排 版 制 作	邓娟娟
出 版 发 行	江西高校出版社
社 　 　 址	江西省南昌市洪都北大道96号
邮 政 编 码	330046
总 编 室 电 话	(0791)88504319
编 辑 部 电 话	(0791)88595397
销 售 电 话	(0791)88517295
网 　 　 址	www.juacp.com
印 　 　 刷	江西新华印刷集团有限公司
经 　 　 销	全国新华书店
开 　 　 本	850 mm × 1168 mm　1/32
印 　 　 张	10.875
字 　 　 数	230千字
版 　 　 次	2015年10月第1版第1次印刷
书 　 　 号	ISBN 978-7-5493-3579-4
定 　 　 价	29.80元

赣版权登字-07-2015-576

书是有魅力的

——"书魅文丛"策划者言

在我身边或离我很近、很远、不近不远的地方,有一些这样的人,他们喜欢书,喜欢买书、藏书、读书,喜欢与人分享读书的快乐。他们把书当作了阳光、空气和水,不能离开须臾。他们的喜怒哀乐都跟书密切相连:有点钱就用来买书,有点时间就用来看书,一息尚存就用来爱书。

这样的朋友,说书是他们的生命,极端了,毕竟人活着是第一位的;但要说书是他们的第二生命,我认为不过分。甚至可以说,他们活着,是为了读书;没有书给他们读,他们大抵是活不下去的。这样的人,我们叫他们读书人、爱书人,或者读书种子,形象一点的叫法是书痴、书虫。

有人问,书有这么大的魅力吗? 这么问的人肯定不是读书人,没有享受过读书的乐趣。这样的人也会读一些书,那一般是冲着颜如玉、黄金屋去的,或者把书当成"进步"的阶梯。他们读的是书中的字,他们不知道更美的风景在字里行间。

书是有魅力的,书的魅力是思想的魅力、科学的魅力、意趣的魅力、风情的魅力。我坚定地认为,书里面是藏着鬼的,每一本书里面都有一个鬼或几个鬼。妖娆的女鬼,幽默的男鬼,活泼的小鬼,严肃的老鬼,各种鬼都有。但不是一打开书这个鬼就会欢跃着跑出来。他(她)需要你读进去了,就像穿越了《哈利·波特》里面的九又四分之三站台,你身上慢慢沾上了这本书的鬼气,鬼才会慢慢在你面前现身。在鬼眼里,你因为读了这本书,接受了书里面的思想和气息,你也成了他(她)的同类了,他(她)才会愿意跟你交谈,甚至跟你做朋友。

书中的鬼,你叫他(她)精灵也不会错。

据说晚上读书,更容易与书中的鬼相见,交谈会更酣畅。这就是很多人喜欢晚上读书的原因吧。

为什么有些人嗜书如命?就是被书中的鬼迷住了心窍。手不释卷,欣然忘食,通宵达旦,这些读书人的痴迷劲,其实就是鬼上身了,欲罢不能。

很多朋友喜欢把读书的乐趣与人分享,把买书的乐趣、淘书的经历、读书的感悟与同道分享,写了很多这样的"书话"。也不断有这样关于书的书出版。2014年年初去京城出差,与久违的好友孙卫卫见面,聊到读书,聊到他和作家安武林出版的《喜欢书》《爱读书》。这两本关于读书的书是由一家文化公司策划,在我社出版的,现在不印了。卫卫问我是否愿意重印。我想仅仅重印意思不大,不如策划一个系列,不仅将这两本书重新出版,而且收录新的书稿,慢慢作为一个品牌来做。跟卫卫商量了一下,就取名为"书魅文丛",写书的魅力与读书人的痴迷,这就是这套丛书的定位。

书是有魅力的,好读书者还大有人在。希望更多的人喜欢书,越多越好。

邱建国

序一

几年前，我曾为一位朋友的书话集写过一篇小序，书名就叫《书生活》。现在，卫卫兄的《喜欢书二编》要出版了，让我也在书前写几句，于是想到了过去那个书名。是的，世界上就有那么一群人，他们的日常生活是与书连在一起的，书是他们的最爱，一如贾宝玉那块通灵灵玉，一如哪吒的混天绫、乾坤圈，一旦离开书，他们真不知日子该怎么过。必须承认，我自己也是这样的人，我周围的许多朋友师长，有不少也是这样的人。这样的人和所谓"凡人"的最大区别，即在于书就是生活。一般人是将吃饭穿衣、生儿育女、柴米油盐酱醋茶……归入日常生活，而读书不算在内的。那么，读书应归到哪里呢？过去常将读书称为学习，而学习是为工作，于是读书和上班划在一起了，在家读书相当于加班。再往前推，读书是为了考官——考秀才、考状元。那是争前程，争前程事大，日常生活只好让路，只能牺牲。现在当然仍有为争前程的读书（从小到大的莘莘学子都属此），更有为了工作的苦读（好多干部能一字不漏背文件，可见都加过班的），但我想，卫卫肯定不在此例。卫卫是将淘书、聚书、读书作为生活的最大乐趣，他在书中寄托了无穷的渴望，他也发现了书世界是一个大得无边的开发不尽的宝藏，一旦进入这样的世界，一旦将书生活与普通日常生活合在一起，日子就变得分外有滋有味。2010年，我在和李泽厚先生对话时，他很有感触地说："不知你们有没有这种体会，你要是不读书，慢慢就和书远离了；可你一旦读起来，读出兴趣了，你想读的书就越来越多，头脑里的问题也越来越多。"我由此想到，读书真和恋爱差不多——爱人之间不交流，不关注，慢慢情感也就淡了；一旦交流起来，相互关切会日胜一日，越来越有说不完的话，几乎一举一动、每一刻的所思所想都是你要了解要把握的，而越这样，对方就越会成为你所向往的谜，一个甜蜜的谜。相对来说，对一个具体的人的探险迟早会遇到边界，而对于浩瀚的书世界的探险却永无边际——那些自称"中国书已读完"或"世界文学我已读完"的人，不是无知，就是吹牛。

像卫卫这样在读书中尝到无限乐趣的人，读书已无法从他的生活中剥离出去了。事实是，过去人们处在求生存、求温饱阶段，生活只能包括那些最基本的内容；而现在，按鲁迅"一要生存，二要温饱，三要发展"的顺序，已经到了求发展的阶段，而人性本身是向往"全面发展"的。到了这个阶段，如还不能将每个具体的人对精神乐趣的追求放到日常生活中去，却只准日常生活围于吃与穿的范畴，那不说是蠢，至少也是够愚的。所以，此间常有将爱书人视为呆和傻的，其实不是他们傻，却正是他们走在了生活的前沿。

在卫卫的这本书以及它的上一编中，我们看到了他喜滋滋穿梭于书世界的生活，这是一种充满朝气的乐观的生活。有书在手，有书趣在心，有未读和将读的书在前，他的眼界是开阔的，心地是健朗的，俗世的烦扰和蝇营狗苟，即使进入了他的生活也停留不久，他头脑里没有它们的位置。所以，作为爱书人，其实是幸福的。这两卷书，也就是卫卫的幸福的日子的记录。我们读来，有一种快乐向上的感觉，我想原因就在于此吧。

不过对于书话的写作，我还有点自己的想法，趁此机会写出，正可与卫卫探讨一番。卫卫书中有一篇《我只是学了孙犁的一点皮毛》，谈的是学孙犁的精神，不要计较名利，心要安静，等等，这说得都对。但我想，在文章上，是不是也可学学孙犁前辈？孙犁的《耕堂读书记》和《书衣文录》，有许多也近乎日记、博客的写法，也是随手记下，既谈书，也谈当下的人事杂感。如果比一比，会有什么不同呢？我以为，或许有三：一是清浅与凝重之别，二是取材的泛与精，三是涩味之有无。其一关乎性格，不可强学强求。其二则是可学的。鲁迅在《答北斗文学社问》中曾说："留心各样的事情，多看看，不看到一点就写。"在《关于小说题材的通信》中又说："不过选材要严，开掘要深，不可将一点琐屑的没有意思的事故，便填成一篇，以创作丰富自乐。"（二文均见《二心集》）这都是谈小说创作，非指日记博客，性质自有不同。但我发现，孙犁却正是以这样的态度写他的《耕堂读书记》和《书衣文录》的。卫卫的日记自然仍可继续，但思考或吸取一点孙犁的方法，未必不是好事。其三是更高的要求了。当年知堂批评胡适派散文时，提出"涩味"的概念，这批评也针对了冰心、志摩等一代名家。此事说来话长，也未必人人同意，此处就不展开了。以上供卫卫兄参考。

在读了《喜欢书一编》《喜欢书二编》后，我们期待读它的三编。希望三编里仍然有一个快乐的爱书的卫卫，但打开那本新书，又能有一种崭新的气象：它同样可读，却又耐读，更经得起咀嚼；它清浅流畅依旧，却偏偏读不快，因有许多地方会迫使你暂时停下，琢磨琢磨，赞叹一下，引发了忽然的联想，情不可抑、思绪斑斓、回肠荡气之后，阅读才又继续……呵呵，这是读孙犁作品的感觉吧？但我相信，在读卫卫下一本书时，也能体验得到。

是为序。

刘绪源

2015 年初，写于上海香花桥畔

（刘绪源：作家、学者，曾任《文汇报》"笔会"副刊主编）

序二

三十多年前(1980年)，我的高中同班同学兼大学时的室友成佳刚君，买回了一部三联书店版的《晦庵书话》，我借来读了。这是我平生第一次接触"书话"，但当时并没有引起我特别的兴趣。盖因那时候我的全部热情和心思，都扑在普希金、雪莱、海涅的抒情诗以及莎士比亚、白朗宁夫人的十四行诗上。佳刚君毕业后辗转在好几座城市里担任地方官员，不知道那部《晦庵书话》是否还在他的书架之上。

20世纪90年代，我对逛旧书店和书话写作，曾经一度表现得十分积极。恩师徐迟先生知道后，把他的几位老朋友题签赠给他的一些书话集，从书柜里一一翻找出来，转赠给了我，其中有冯亦代的《书人书事》《听风楼读书记》，杜渐的《书海夜航》，何为的《小树与大地》(这本散文集里收入了一辑短小的书话文字)等，还有叶灵凤的三集《读书随笔》，这是范用先生送给徐老的。叶灵凤是徐迟先生20世纪40年代在香港时的老朋友，是一位博览群书的"书志作家"和藏书家。徐迟先生把叶灵凤这类以写书话擅长的文人称为"书志作家"，大概是从英文对应翻译过来的一个名词，也就是我们惯常说的书话作家。徐迟老师鼓励我去"博览群书"，但是对我迷恋书话写作却极不赞成。他在给我的第一本书话散文集《剑桥的书香》写的序言里就说过,这类文字,只能算是"文饭小品",偶尔写一点是可以的,但不能当作安身立命的东西。他的意思是:这类文字终归没有多少原创成分,写得再多也是"二手的"。真是一语点醒梦中人,我刚刚燃起来的那一点书话热情,顿时就被浇熄了。在这之后,沪上出版家、友人王为松君也提醒我说,迷恋旧书,不利于健康,最好少去碰那些玩意儿。于是,我不仅对书话写作顿时意兴阑珊了,而且对旧书和旧书店,也有赶紧金盆洗手、退避三舍的想法了。

但是"书虫馋书",积习难改。此后的二十多年来,无论在哪里,一看到旧书店,仍然忍不住会走进去,瞄上几眼;一看到书话类的集子,也还是愿意翻一翻、读一读的。当然,这个时候,我对自己是有"警惕性"的,我会尽量掌控着自己,不要陷入一种迷恋旧书的趣味主义里,而在这上面耗费太多时间。

孙卫卫君,可以说也是一位超级书迷和书虫。他的博客日记,虽然不是每天都贴,但是从每篇博文里透露出的信息来看,书,几乎是他须臾不离,而且最为津津乐道的生活必需品。这也许是从小就养成的"敬惜字纸"和勤奋好学的美德。喜欢书,爱读书,而且会读书,是孙卫卫君给我的一个整体印象。

他的博客文字,也多半都是"书话"。他的书话,每篇文字都不太长,但是平实、熨帖、简洁,甚至还带有一点"小清新"。他的《喜欢书》初版问世时,我曾写过这样一小段推荐语:

唐弢先生认为,书话的散文因素需要包括一点事实、一点掌故、一点观点，再加上一点抒情的气息。这几条原则几乎已经成为现代书话散文的"经典"和"定论"。孙卫卫的《喜欢书》，正是这样一些姿态缤纷、气息淡雅的书话散文的结集。我很喜欢孙卫卫的这类书话。这些文字干干净净，清清爽爽，不枝不蔓，不飘不野。不刻意追求什么高深，清浅而有韵致，字里行间飘逸着一种淡淡的书香。这本书从书衣、开本、版式、字号、配图等等，也都符合爱书人的普遍趣味，素朴而雅洁，可谓书话散文书丛里的"逸品"。

现在，《喜欢书二编》也要付梓出版了，我觉得，上面这段文字也依然可以用来描述我对收入《喜欢书二编》里的，这些同样是气息淡雅、文字平实的书话文字的感受。

抗战时期曾经和英国诗人衣修伍德一起来过武汉，在武昌昙华林住过一段时间，而且留下了诗作的著名诗人奥登，曾经说过这样的话（大意）：当我们阅读一位有学识的批评家的文章，有时候我们从他的引文里所获得的教益，要比从他的评论里获得的教益更多。

有人觉得奥登的话有些刻薄，我却比较认同这个观点。我认为，对于书话作家也是如此。能够用引文的方式，发现和揭示一本书的"精华"与潜藏的美质，提醒读者并使他心悦诚服。由于自己的错失或者没有很好地阅读而忽略和低估了某一本书或某一个作家,应该是书话作家和书评人的失职。唐弢先生所谓的"一点事实""一点观点",大致也是指的这点"职责"吧。

孙卫卫在这本书的后跋里,也说了他对书话文字里的引文的看法:"有些话,我原原本本抄了下来,希望读者和我一同分享思想的张力和文字的魅力""我摘抄的很多内容,你认真读,多多少少都会受益"。这些话亦洵为真诚和公允之言。因此,可不要小看书话和书评文章里的那些引文,你引出的是一些什么文字,那也许正好是对你读书的眼光、见识、趣味、鉴别能力的考验。

爱书人之间还有一个公认的说法:只要给我看一看你的藏书,我就会知道你是怎样的人。卫卫也援引了梁文道先生的话说:"一个人的书房,一个人看什么书,一个人拥有哪些书,其实就是一个人的全部,就是这个人。"

那么,读一读这本《喜欢书二编》里的清清爽爽、浅浅淡淡的文字,再看看他平时喜欢购买、阅读、收藏一些什么书,就大致可以明白,孙卫卫是个什么样的人了。"这些看似随意的文字,虽然大都是只言片语,却是我对生活的态度,我是认真的",说得很好。

记得孙犁先生曾说,他早期买书,就是按照鲁迅先生日记里所记的"书账"线索做指引的,这样可以避免盲目和走弯路。卫卫的这本书,无疑也给一些不知道怎么选书的读者提供了一些书单线索。

承蒙卫卫对友谊看重,邀我为这本新编书话集写序。谨以以上文字,抛砖引玉吧。

徐鲁

2015 年 1 月 10 日,写于武昌东湖梨园

(徐鲁:作家、书评人,湖北省作家协会副主席)

目录

2011 年

像巴顿那样

2011 年 1 月 1 日　星期六

给好多人发短信，也收到好多人的短信。想起了一句话：接受了爱，也把这种爱传递。

一些联系不多的朋友，收到他们的短信，会想起以前的很多事，包括一次邂逅、一次交谈。很多朋友，不光节日才想起，平日也会想的，默默地祝福他们一切都好。

《没有任何借口：企业、政府机关员工精神读本》这本书，广西壮族自治区党委书记郭声琨于 2009 年世界读书日前夕，曾向全区领导干部推荐过。他建议大家借鉴书中提出的基本道理，养成

敬业、负责任、诚实、为追求目标而"没有任何借口"的习惯，提升执行力。

这本书的作者是美国人杰伊·瑞芬博瑞。在国内，早年曾有同名的书，后被认为是伪书。

书中有一个小故事，是讲巴顿将军的。巴顿七岁的时候，给自己定下了一个无比清晰的目标：长大后成为一名陆军准将。他决心非常大，每天早上都像模范士兵一样给父亲行军礼。

"姐，好日子还是来了！"

2011 年 1 月 2 日　星期日

下午到报社，把存放的书搬回家。

很多书和刊，也没能带走，不是不想带，是家里的地方实在有限。每一次给书搬家，都会遗留不少，好处是减轻了负担，不好的是，有些书刊不得不舍弃，永远地分离了。像这次，报纸基本没有带，而很多报纸，当初整理在一起，是准备有时间认真去看的。

报社的书大部分都搬完了，从此，少了一份牵挂。

网上看冯小刚导演的 2000 年贺岁片《没完没了》，最后有一个画面，葛优推开窗，看见吴倩莲站在窗外，葛优对躺在病床上的姐姐说："姐，好日子还是来了！"

我希望贺岁电影都这样,有温情,感动人,让人对过去有回忆,对未来有憧憬。

从前的稿费

2011 年 1 月 18 日　星期二

金庸说:"我看书,一本钟爱的书就一字不放过地仔细读。尤其是在看英文书的时候,我看到一个不认识的字,马上查字典,这本字典查不到,再查大字典,查到为止。我是下苦功夫、用比较笨的办法读书,把这些笨办法累计起来,自己看多了,看书也就容易了。难关就这样一关一关地过去了。"

这段话是从江苏教育出版社编辑的《苏教读书人》看到的。上网查出处,应该是金庸接受中央电视台编导巴丹采访时说的。

不知道这个小刊物还办不办,我的地址变动了,已长时间没有看到。

整理几年前的资料,翻出了我的稿费收入记录本。那时候发表文章很少,稿费收到后,都详细记下时间和金额。2000 年,两三百元,对我来说,已属大额,一般的都是百元以下,最少的是五元。给一个地级晚报写读书的文章,连续多期,每篇二十元,可能觉得稿费少,写了几次，不再写了。那时候，张年军老师编辑的《少年文学报》，发表了我不少文章，样报收到，稿费同时到。稿费最高的是《黄金时代》杂志，一次给了五百一十元，可能是给我做了一个小专辑。

改掉坏习惯，每天进步一点点

2011 年 1 月 29 日　星期六

整理以前的《中国图书商报·书评周刊》，安武林兄的名字经常出现，当下活跃的儿童文学作家，他几乎都评论过他们的作品，国外一些优秀的儿童文学作品，他也写过推介文章。2005 年，是《中国图书商报》创刊十周年，报社评选了一批最佳书评人，武林兄名列其中。

我知道，很多人、很多出版社都感谢他。我和他开玩笑："你的头发都是写书评时掉的。"

我把登载他书评的报纸汇集起来，送给了他。忘记了，我应该向他敬个礼。

看完了《中学生时间管理宝典》一书，它是西藏人民出版社出版的。这本书是写给中学生看的,成年人看一看也有很大的好处。我特别欣赏作者的话:"管理人生就是管理时间","要把主要时间和精力留给最重要的事","拒绝拖延,立即行动"。好的习惯从小要养成,从小没有养成,倒成了坏习惯,长大后要改,就比较困难,但还是要改。作者说:"如果每天进步0.5%,每周只需五天,一年后就会取得300%的进步。如果能持之以恒,两年后就有望提高1000%,在三年内就能提高惊人的3000%!"

改掉坏习惯,每天进步一点点。

《旁之边兮》

2011年2月8日　星期二

西安的老朋友聚会,刘峰一一赠书,是他新出版的文集《旁之边兮》,"交通文丛"之一种,太白文艺出版社出版。

文集包括散文、小说若干。这些文章我大都读过。我惊讶他读了那么多名著,而且都有自己独到的见解。

刘峰现在工作也特别忙,我一直认为他是可以写出好作品的。

叶圣陶喜欢喝绍兴老酒

2011 年 2 月 20 日　星期日

看叶至善《舒适的旧梦》(山东画报出版社 2000 年 7 月出版,责任编辑:汪稼明)。第一篇是写他父亲叶圣陶的书房"未厌居"的,篇名叫《记未厌居》,其中有一段:

> 父亲那时在商务印书馆工作,替去欧洲的郑振铎先生编《小说月报》,自己写点儿什么,都在吃过晚饭之后。酒是要喝一壶的,带着微醺,写到十点过后才回房休息,几乎天天如此。

要喝一壶呀,我猜想是绍兴老酒,而不是白酒。

天才、勤奋、机遇缺一不可

2011 年 2 月 21 日　星期一

看央视体育频道罗纳尔多的专辑,只能说他是一个踢球的天才,是一个"外星人"。

《北京晚报》做了一期《团长和他们的儿女们》,这是"艺术国家队(院)"团长系列访谈之内容,其中采访了中国国家话剧院院长周志强。周反对他的儿子搞文艺,他的理由是儿子的形象思维能力不够，干这行不太可能有出息。他说，自己喜欢不等于就有这方面的灵气。其他行业都有通过自我奋斗取得成功的可能，唯独艺术不是通过自我奋斗就可以成功的，一定是天才、勤奋、机遇，三者缺一不可。如果不是天才，就吃不了这碗饭；如果不勤奋，也完成不了艺术创造，但又是天才又勤奋，如果没有机会，也是瞎掰。

以前，我们经常不承认天才或者忽视天才的作用，总是强调勤能补拙，这是不全面的，或者说是不科学的。天赋不够，通过勤奋可能会达到一个高度，但要成为一流的或者超一流的人才，很难。就像罗纳尔多的球技，一般人再练，也达不到他的水平。

下班后，我到北京图书大厦买书。一本是《书痴范用》，一套是湖北李城外的《城外的向阳湖》。

《书痴范用》在范用先生生前就开始编辑，可惜先生没有看到。这本书还收录了生活·读书·新知三联书店为纪念范先生与三联书店七十周年而编辑的一个小册子《时光》。小册子当时是在三联书店一楼的收银台免费领取的，我没敢一次多拿，分几次取了几本。《书痴范用》的编者是吴禾，责任编辑是汪家明（即汪稼明），装帧设计是蔡立国。

《城外的向阳湖》

2011 年 2 月 26 日　星期六

终于翻看完了李城外先生的《城外的向阳湖》。

十多年前就知道李城外的名字，那时候经常看到他写的文章，以为他是一位文化老人，没想到他出生于 20 世纪 60 年代。1994 年，他开始有意搜集咸宁向阳湖历史资料的时候，刚刚三十岁出头。十七年来，他把时间大都花在了向阳湖文化研究上，心无旁骛，整理研究，有机会就向大家介绍和宣传，成为向阳湖文化研究的第一人。

如果今天还有人问我，"知道湖北咸宁吗？"我的回答一如既往："那里有个向阳湖，那里有个李城外。"

《城外的向阳湖》，一语双关，既是咸宁城外的那个湖，也是作者李城外所关注的向阳湖文化。我把它当作研究向阳湖的资料读，也看成是李城外十余年来的个人成长史。从书中，看到了他的奋斗，看到了他的交往，甚至他家庭的点点滴滴。这才是一个真实的他。

书中提到的很多人和事，让人感动，如写到著名剧作家陈白尘先生去世后，他的爱人金玲老

人，每天在他的遗像前，烧香、供果，与他对话，将他的遗作摆在案前。

李城外1999年10月23日的日记，摘录了爱因斯坦在《人的一生》中的名言："一个人只有以他的全部力量和精神致力于某一件事时，才能成为一个真正的大师。因此，只有全力以赴，才能精通。"我也录存于此，勉励自己。

《城外的向阳湖》，上、下册，一千多页，近百万字，真乃大书。可能是为了控制规模，文中的字稍小了一些，长时间看，很费眼睛。

你不知道我有多么喜欢

2011年3月4日　星期五

陕西师大出版社周耘老师发来邮件，说请西安美术学院的董欣女士给我刻了枚藏书票，是照着我博客里的照片刻的，希望我能喜欢。

打开附件，发现刻得真有意思，太有意思了！

叫马弟过来，我说："像我吗？"她说像我小时候，胖胖的。我觉得像我现在，很传神，真是越看越像。

我发短信过去，我说很喜欢，非常喜欢，很感谢，非常感谢！

上一次，文川兄给我做的是丝网版，周老师这一次让做的是木版。所用的木版，是紫檀。

能把人刻得这么惟妙惟肖，真是少见。收到藏书票和木版，我展示给同事们看，他们都说画上的人怎么这么像我呢，我说："哈哈，是照着我的照片刻的。"

你不知道我有多么喜欢，睡觉的时候，我把它们放在我的床头。早上起来的时候，也是先看看它们。

等回到西安，我一定请作者董欣吃饭，感谢她！

董欣，你真了不起！

周老师知道安武林兄也喜欢藏书票，自然没有忘记给他做了一个。他急不可耐，早把这个消息发在博客上了。

依然爱秦腔

2011 年 3 月 6 日　　星期日

昨天和今天的两个晚上，都在看网上的秦腔视频。

星期五晚上，周至中学的部分校友聚会，有人提议唱一段秦腔，一个师兄唱起了《三滴血》中的"祖籍陕西韩城县"，陶醉其中，观者大乐。

我最喜欢《辕门斩子》中杨延景的唱段，刘易平、刘茹慧、刘随社，一遍一遍地听，各有特色，真是享受。

刘随社,周至人。周至出了好多秦腔名角。我小的时候,差一点报名去戏校。那时还能唱几段,记得有一次,从水库游泳回学校,我唱《周仁回府》中的一段。听见后面有人笑,一扭头,是个大人,他好像跟了我好长时间,但这笑不是嘲笑,是赞许。那时候,我也就十岁左右吧。

我还会唱"家住在五台县城南五里"那一段。昨天看视频,才知道这是旦角唱的,而我是用男声唱。

我瞎唱,没有人指导,跟收音机里学,自娱自乐。

网上有张宁的一段视频,是《虎口缘》中的"未开言来珠泪落",她的举止、神态,活活一个恳请帮助的小妹妹。七十多岁的全巧民女士宝刀不老,20世纪50年代末,她因这段唱腔而走红,当时不过二十出头。我觉得她现在唱得更好。

比较正宗的秦腔,我是唱不出来了,一唱就像"杀鸡"一样——唱了第一句,唱不了第二句,没声音了。

我上小学的时候,陕西人民广播电台每天中午都播陕西地方戏,其中又以秦腔居多。一般下午2点节目播送完毕。这个点,也是我们上课的时间,有好几次听到收音机里说"这次节目播送完了",我们大喊一声"不好",赶紧往学校飞跑,一边跑,一边听到上课的铃声。

我爷爷老说"高台教化人",他所说的高台也就是戏台。传统的戏曲都是叫人学好，结局大都一样——老实人虽然一时受到挫折、磨难，但总会赢得最后的胜利，做坏事的终究要受到惩处。我从小跟着爷爷看戏，这样的思想，很早就植入我的心底。

我希望社会真的这样。

周海婴的签名

2011 年 4 月 7 日　　星期四

鲁迅之子周海婴先生今天 5 点 36 分在北京逝世，享年八十一岁。

2003 年我采访"两会"，他在政协新闻出版界，发言的内容是关于书价和打击盗版的。第二年秋天，为纪念鲁迅先生一百二十三周年诞辰，河南大学出版社和鲁迅博物馆联合主办鲁迅藏书票展，他出席了。简短的仪式结束后，我去鲁博书屋看书，他也在那里，和当时的馆长孙郁聊天。我先是买了林辰的《鲁迅传》，请他签名，他不签，说这不是他写的。我买了他写的《鲁迅与我七十年》，他签了。我并不想买他的这本，因为此前已有。林辰的书，他后来也签了，写的是"林辰先生书　周海婴签2004 年秋"。

媒体报道说，作为名人之后，周海婴对于长久以来人们习惯将他的一切与父亲鲁迅相联系很无奈。他也曾多次在公开场合提到不愿意在父亲的光环下生活。这个，我们理解。

只是，没有想到他已经八十一岁了，更没有想到他突然就走了，那个遥远的时代，离我们更远了。

把昨天中午在北京图书大厦买的书带回家，有吴道弘的《书评例话新编》，有扫红的《尚书吧故事》，有冯唐的《活着活着就老了》。

还有一本是《林树森演讲选录（1996年8月—2010年8月）》。林树森曾任广州市市长、市委书记，贵州省省长。我匆匆翻看了一遍，在市领导班子欢送晚宴上的告别讲话给人印象深刻。他说有一封群众来信，十年间他搬了四次办公室，但是不管搬到哪里，这封群众来信，他始终压在办公桌的玻璃板底下。信的内容主要有六条，包括对犯罪、贪污应加大打击力度，希望领导深入基层多做调查研究，少参加宴会、剪彩之类的活动等。林树森说，这些年以来，他一直照着这些"指示"，尽量在这些方面做得好一些。

收在这本书中的讲话，篇幅都不长，六十篇，不到一百六十页。

扫红的书

2011 年 4 月 8 日　星期五

中华书局关于书的那套精装本,我有谷林的《上水船甲集》《上水船乙集》和胡洪侠的《书情书色》。扫红的《尚书吧故事》和他们是一起出的,一直没有买。前些天我在北京图书大厦看到,翻了翻,有点意思。虽然包裹在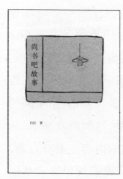书上的塑料纸已无影无踪,仅有的两本,封面、封底也有脏的痕迹,还是挑了一本相对好一点的,买下。

这两天在上下班的地铁,在睡前,按顺序一篇一篇地看,感觉真不错。女性的细腻,在她的文字里尽显。她是一个会生活的人,也把生活看得真切。如果在深圳,我真想去她的店里,看她到底是什么样一个人。

她在书中多次提到了他们书店隔壁的"星光阅读栈"的老板孙重一,对这个名字我是熟悉的,我有孙先生手写的名片。"星光阅读栈"是一家二十四小时营业的书店。2008 年 11 月,我去深圳参加一个活动,晚上在他的书店买了不少书。店里关于书的书有不少。

那是一个晚上,我并没有留心"尚书吧"就和他们店连着。那时我还不知道"尚书吧"和扫红的名字。

闲时看看，了解历史

2011 年 4 月 9 日　星期六

下午，到大成双盈市场买旧书。

一些摊位撤走了，一些摊位封闭起来。问隔壁的商贩 3 点不到怎么就不开了，回答说是上午有人。看来，下次想多走几家，还是上午去比较好。

我买了大约四十多本，纪念毛泽东逝世和周恩来逝世一周年的《人民画报》花了我不少钱，还有一些"文革"时期出版的学习资料，价钱也不低。我是一时兴起，并不是专门收藏。闲时看看，也是了解历史吧。

再回南京

2011 年 4 月 16 日　星期六

星期五晚上 9 点 46 分从北京出发，第二天早上 5 点 44 分到南京，这样的速度比十三年前大大提高了，当时得要十二三个小时。来北京面试、办手续，对未来的工作满是憧憬，坐硬座也不觉得累。工作一个月后去南京参加"雨花奖"十佳文学少年颁奖大会，我本来可以坐卧铺的，为了给主办方省钱，买了硬座。

那时的我还是小伙子，转眼两鬓也生白发了。

这次到南京，是应邀担任第六届"恒源祥文学之星"中学生作文大赛的评委，更是故地重游。2001年以前，经常回南京，这些年，机会少了，印象中，2005年一次，2008年一次，算上这次，正好三年一次。

本来可以住在凤凰台饭店，但我要求住在南京大学里，我想到母校走走。

我从南园走到北园，校园还是那么安静，早起的同学三三两两往教室走。大门依旧，梧桐依旧，"今日我以南大为荣，明日南大以我为荣"的红底白字横幅挂的似乎还是当年的位置。我真想把它拍下来，在校时，这句话一直激励着我。

体育场上已经有人在跑步和健步走了，我也加入进去，跑了两圈。当年我没有跑过，如果再当学生，我每天都要跑步，跑得更快。

在学校西边的报亭买了三本杂志和一份《扬子晚报》。

逛南京的书店，是我每次回南京的保留节目。三年前去的万象书坊还在，还是从前的风格，我在里面买了四本书。我真的为实体书店感到担忧，看书的人比以前少多了，买书的人更少，这些书在网上都可以买到，而且折扣可观。我买的这几本打了九折。

南京财经大学几个大学生拿着摄像机在书店里录制节目，一个女生跟我商量，希望能采访一下我，我说没问题。对于别人的事情，我能帮上忙的，都会尽力去做。

这个女生希望我多说书店的好话，比如摆设很典雅呀，我说我明白。

从万象书坊出来，又去南大书店。南大书店以前大量卖别的出版社的书，现在主要卖他们社出的，外社的书有一点点，当作库存处理。我一共买了四本，其中两本是北京三联书店的，打四折。南大版图书的装帧设计比以前好多了，这才像一个重点大学出版社出的书。

下午，和湖南教育报刊社任理勇老师分在一组，给选手打分，我是以鼓励为主。我像他们这么小的时候，是没有什么胆量的，更别说滔滔不绝地去讲。

打完分，直奔五台山体育场附近的先锋书店。书店比三年前更大，开始，还可以仔细地看，后来只能走马观花，遇到感兴趣的，放慢脚步，就这样看了有四个多小时。

先锋书店专门有个打折区，大多是老版本，我买了不少，大约有二十多本。另有四五本是新书，有没有折扣，没有注意。

再远的日子也会到来

2011 年 4 月 25 日　星期一

断断续续看完了《尚书吧故事》。哪一天去深圳，一定要到这个书店，看看马刀，看看扫红，看看水月，看看那些旧书。如果可能,也带回几本。

托报社的一个同事帮着办一件事,她很快就办好了,我说总是麻烦她,真不好意思。我一直记着我们还在阜成门上班的时候,有一次,她带我去超市买东西。我们并排走着,快到地铁售票口,她抢先一步,为我买票,让我真不知道说什么好,因为她自己有月票的。后来,我也经常为朋友买票,每次买票,我都会想起她。优点是可以感染和传递的,我真想把每个人的优点都学到。

做事快一点,尤其是答应别人的事。

走路慢一点,让生活慢下来。

过好现在,对未来有憧憬,但是不要着急盼着它们到来,更不要去等,再远的日子也会到来,等它们真的来了,我们也老了。

过好当下,珍惜今天

2011 年 4 月 29 日　星期五

看《书痴范用》。傅雷的儿子傅敏称赞范用:"一个真正的人,一个纯粹的人,一个具有一颗'大爱'之心的人,一个不计名利大公无私的人,一个对事业执着追求完美的人,一个对一切事情绝对认真负责的人。"

范用一直视陈白尘为恩师,陈白尘去世后,他写文悼念："自己多年来学文不成，学戏又不成，愧对自己的老师，但是只有一点极为自豪——在做人方面没有丢老师的脸！"

余光中的《我的四个假想敌》真有意思！他写他如何不舍得四个女儿出嫁。每一个做父亲的大概都有他那样的想法，小不点好不容易养成女孩的模样，被人抢跑了，看顺眼还好，如果不顺眼，父亲心里真是不好受。他写道："冥冥之中，有四个'少男'正偷偷袭来，像所有的坏男孩那样，虽然蹑手蹑足，屏声止息，我却感到背后有四双眼睛，目光灼灼，心存不轨，只等时机一到，便会站到亮处，装出伪善的笑容，叫我岳父。"

如今，他早已有外孙、外孙女了吧。

曾国藩的"日课十二条"

2011 年 5 月 2 日　星期一

看赵焰的《晚清有个曾国藩》。到北京后，曾国藩一直坚持写日记。赵焰说，在曾国藩一生中，日记仿佛是他另一个影子，守护着他的生活，也守护着他的思想，让他更清楚地认识外部世界,也更清楚地认识自己。

曾国藩曾为自己制订了严格的修身计划,曰"日课十二条",内容主要有:

一、主静:无事时整齐严肃,心如止水;应事时专一不杂,心无旁骛。

二、静坐:每日须静坐,体验静极生阳来复之仁心,正位凝命,如鼎之镇。

三、早起:黎明即起,决不恋床。

四、读书不二:书未看完,决不翻看其他,每日须读十页。

五、读史:每日至少读《二十三史》十页,即使有事亦不间断。

六、谨言:出言谨慎,时时以"祸从口出"为念。

七、养气:气藏丹田,修身养性。

八、保身:节劳节欲节饮食,随时将自己当作养病之人。

九、日知其所亡:每日记下茶余偶谈一篇,分为德行门、学问门、经济门、艺术门。

十、月无忘所能:每月作诗文数首,不可一味耽搁,否则最易溺心丧志。

十一、作字:早饭后习字半小时,凡笔墨应酬,皆作为功课看待,决不留待次日。

十二、夜不出门：临功疲神，切戒切戒。

英雄人物都有着异乎寻常的定力或者自制力。有一次，曾国藩去菜市口看杀人，回来在日记中狠狠地批了自己一顿。一种说法是，他并没有看成，是约朋友一起去看，结果走到半道，他觉得这样不好，又回去了。

曾国藩把读书作为一种修身，即使带兵打仗，稍有空闲，他也总是捧起一本书，边读边思考。作者写道，读书，在曾国藩看来，不仅仅是学习，更重要的，还能克服骄惰、奢靡以及浮躁的性情，让自己随时随地都能沉静下来。

曾国藩生于 1811 年 11 月 26 日，卒于 1872 年 3 月 12 日。3 月 12 日，也是孙中山的忌日。

想起了《太平杂说》

2011 年 5 月 7 日　星期六

从昨天晚上开始，看视频《凤凰大视野》的《近人曾国藩》，一共十集。看后又在网上搜索太平天国的资料，想起了复旦大学中文系教授潘旭澜先生生前出的《太平杂说》一书，他的文章解放了我的思想。假如洪秀全最后统一中国，那中国的文化将大大退步。还好，他失败了。

翻看旭东兄赠送的《中国少儿出版文化地图》一书，颇有感慨。他是勤奋之人，也是有心之人。这些文章，别人写了也就写了，而他积攒、整理，做成了一本著作。书中有我做记者时对他的采访，也有他以《文艺报》"少儿文艺"版执行主编身份采访我的报道。看到我当年提出的那些幼稚问题，以及缺少深度的回答，不敢再看。

原来他就是柳苏

2011 年 5 月 11 日　星期三

当当网买的书送到。有叶灵凤的《读书随笔》，有罗孚的《文苑缤纷》。先是看《读书随笔》，丝韦的前记介绍了叶的一生。丝韦是谁呢，这么熟悉叶灵凤？再翻看《文苑缤纷》，丝韦即罗孚。罗孚原名罗承勋，1921 年生于广西桂林。1941 年在桂林加入《大公报》，先后在桂林、重庆、香港三地工作，现居香港。他还有一个著名的笔名——柳苏，一篇著名的文章发在《读书》杂志 1989 年第 4 期，名曰《你一定要看董桥》。

还买了一本《海底捞你学不会》。我们都应该向海底捞学习，把自己锻造成名牌。

三联偶遇沈昌文

2011 年 5 月 25 日　星期三

上午到协和医院体检。体检结束时已经快 11 点 30 分了,想着回到单位也是吃饭,干脆利用中午休息时间去一下三联书店。

在店内,居然见到了沈昌文先生。我就觉得这个人面熟,我说:"沈……沈老师好!"他对我微微笑了一下,点了点头。

他已经快八十岁了,看上去还是那么硬朗,背一个大的旅行包,不知道里面装着多少宝贝。

他曾是生活·读书·新知三联书店的总经理,《读书》杂志主编,但是店里的营业员,估计多半也不认识他。他看完书,背着包走了,也不和谁打招呼。也许,他们也认识他,只是把他当作一个常客。

《完美的花朵》

2011 年 6 月 3 日　星期五

终于从邮局取回了吴梦川从陕西寄来的《完美的花

朵》一书，这是她的新作，在《儿童文学》杂志选载过，很受读者喜欢。后面的勒口是她在鲁迅文学院的同学的推荐语，有汤素兰、张洁、李志伟写的，也有我的。选择我，可能觉得我是她老乡吧。论水平，班上有很多专门搞评论的人呢。

偶尔看到方金的微博，记录了我送他书的事：

> 我的朋友中，儿童文学作家孙卫卫的书堪称海量。他的每一天都是关于书事的。这是我见过的唯一一个每天都买书的人。他不光爱买书，还爱买书送人。前几天，他忽然给我快递来五本他认为对我有用的书。此举让我觉得窗外的树枝上多了五瓣花朵。卫卫，让花朵继续开。

每天买书，做不到，因为还有工作。是每天都会得到书，因为有朋友送书。我送给方金的书，就是朋友送的，是关于国外电影理论方面的，我用不上，他是编剧，正好学习。

书，总是有用，看怎么读，看对什么人。

买DVD《查令十字街84号》

2011年6月4日　星期六

下午到灯市口的中国书店。中国书店的旧书越来越贵，还不讲价，看来买旧书还得到大成双盈市场这样的地方去。

后到三联书店，买书和杂志共十四本。晚上，到附近音像商店买盘三张，两张是关于孩子的电影，一张是电影《查令十字街84号》，其原著被誉为"爱书人的圣经"。

杨红樱画本

2011年6月7日　星期二

读《咬文嚼字》2010年合订本。从1995年开始，这本杂志的合订本我每年都买。这是我最喜欢的书(刊物)之一。它帮助我在遣词造句方面少犯错误，是我无声的老师。

湖北少儿社寄来的《杨红樱画本》的邮包今天才打开。这套书装帧设计非常漂亮，超出了我的想象。有一套是送给同事的孩子的，她也特别喜欢。刘春霞大姐具体负责这个项目，"百年百部中国儿童文学经典书系"也是她在编辑方面的代表作，用诗人王宜振老师的话说："春霞这个人，不得了。"不得了，是说她做书做事特别认真，特别执着。

谢谢他们。

我好好写作，将来也出这么漂亮的书。

告诉他们，我还在写

2011 年 6 月 8 日　星期三

收到《金周至》报。报纸换了新报头，"金周至"三个字是王羲之的字组合而成，有劲道。《陕西日报》以前好像也是集王羲之的，去年改成了集毛主席的书法，我觉得还是先前的更好。

这期《金周至》有我一篇小文，是为报纸复刊 1 000 期而写。同一版上也登了张长怀、张兴海、李水等老师的纪念文章。我在家乡时，他们的名气已很大，是我崇拜的对象。我的习作和他们的发在一起，我引以为荣。

我很看重在家乡的报纸上发表文章，给家乡报纸写稿，我倍加小心。因为这其中很多读者，熟悉我、关心我，我尽量不让他们失望。他们看后，也许会说，孙卫卫还在写，还不错。

晚上，看北京卫视青少年频道对张之路老师和于丹的访谈，话题是张老师的新书《千雯之舞》。张老师好几次说到了"大伙儿",平时我们在一起聊天,他也这么说。
于丹就是于丹,她看了这本书,点评得很好。

《经典这样告诉我们》

2011 年 6 月 13 日　星期一

在当当网订的书送到。有多本是朱自强老师的,有自己原创的,如《经典这样告诉我们》;有参与翻译的,如《活宝三人组》。

《经典这样告诉我们》是他十四年前出版的《儿童文学的本质》的新版。相对于那本,明天社的这本,做得更漂亮,配了很多书的封面,读起来会很轻松。

《儿童文学的本质》,朱老师曾经送过我。2002 年 5 月 17 日,他来北京开会,我去中国人民大学看望他,他送书,还有题签:

　　　孙卫卫惠存,以你的才华与挚爱,一定可以打造出自己的一片儿童文学天空。

我一直用这句话给自己加油,只是远远没有做到。在单位,专心做单位的事。回到家,好好写作和读书。

《送你一个长安》

2011 年 6 月 22 日　星期三

收陕西省新闻出版局局长薛保勤先生的诗集《送你一个长安》，人民文学出版社出版。他签名："孙卫卫小友雅正，生活如歌，回望有诗。"

上一次回西安，听他现场演唱已被谱了曲的这首诗，虽是清唱，也别有一番味道。《送你一个长安》正在被更多的西安市民所传唱，因为它是西安世界园艺博览会的主题歌。

他说，之所以写这首诗，是受《人民日报》上《给我一个江南》一诗的启发。《给我一个江南》写得柔美、凄婉、空灵，有婉约派的风格，读完诗后，他就想，我们西安写出来比《给我一个江南》更好，后来就想到了一个题目叫《送你一个长安》。"送你一个"和"给我一个"不一样，"送"有一种大气，有一种自豪，有一种自信，有可送、能送的东西，也体现西北人的豪放。

他的长诗《青春的备忘》，给我印象深刻，我是先看书，再听海茵、李承哲的朗诵。写的是知识青年下乡的生活,他不像有的人,一写就美好,要么全是苦难,他正视过去的岁月,也反思时代的局限和青年的不足。

2010年春天,我还在报社,编辑稿件,发现有一则新闻引用了他的诗歌《致青年》中的几句,我觉得特别好。给他写信,要到了全诗。之后,他经常通过手机短消息发诗给我,可惜我不会写诗,否则也唱和一首给他。

书中的照片也不错,都是他拍的。

优秀的女性

2011年7月2日　星期六

看《飞扬的哲学女孩——何金慧日记、书信选》,2004年5月湖北教育出版社出版。此书面世不久,我和编辑联系,买过十本,除了自己留存,其余的都送给了朋友。

何金慧如果还活着,也许是一所大学的副教授,也许在别的单位,不管在哪里,她一定会出类拔萃,成为青年人中的佼佼者。她是湖北人,沙洋中专普师毕业后,保送进湖北师院物理系,后考入南京大学,成为哲学专业研究生。

2001年1月,她在家中洗浴时因煤气中毒而离开了这个世界,年仅二十二岁。当时,她刚刚在南大度过一个学期。

她能取得同龄人所没有的成绩,是刻苦努力的结果。

她说自己最爱惜时间及亲人，宽容自己的放纵是不可饶恕的，每天都总结得失，对于确定的目标勇往直前，坚定不移。

如果有另一个世界，她也是那里最优秀的。

马弟说南京市人民检察院的女检察官李爱君很干练，业务一流，讲话也很得体，几乎没一句废话。我问马弟她长什么样，她说像我喜欢的那个人。我心想，我喜欢的哪个人？她说就是写小说的那个，东北的。我说迟子建。她说，对对对，像迟子建。迟子建也应该是一个干练的人吧。

看《文艺报》，第二届"汉江·安康诗歌奖暨南宫山杯"全国诗歌大赛颁奖典礼 6 月 10 日在安康举行，参加的有诗人路也等人。我读诗不多，我喜欢路也的诗歌。不知道她的诗属于哪个风格和流派。我有她的一本诗集，希望她出更多的诗集。如果出版，我会去买。

尚飞鹏的诗

2011 年 7 月 18 日　　星期一

同事送牛撇捺杂文集《针尖上的跳舞》。牛撇捺是政府官员。官员写杂文，确实需要勇气，证明他还是一个文化人，还在思考，心中恪守着某种准则。正如作者所说："杂文家们自己首先要守住人生的、道德的、人格的底线，同时影响社会遵守底线。"

收《延河》2011年第7期。喜欢尚飞鹏的长诗《双乳》。开头写道:"很久以来／我轻易不敢打动这两个字／怕违反了规矩／怕羞红了脸皮／而我们每一个人／一坠地就把它含在嘴里／从这一只移到另一只……"好诗总是直抵人心的。我在西安见过尚老师,像极了艺术家,他本身就是艺术家。

"老"作家刘海栖

2011年7月19日　星期二

看到武林兄博客写明天出版社出了一本《风云际会》的书,内容是历年来中国少儿出版界文学编辑双年会开会的盛事,我就想设法弄一本。恰好通过博客与明天出版社原社长刘海栖老师成为好友,给他发去纸条,没想到,他居然回复了,说非常难忘2007年那次山东之行,结识了很多朋友,他希望我别丢了写作。至于我要的书,他答应让出版社的同志寄给我。

2007年8月,鲁迅文学院的师生去山东采风,刘社长陪了一路,有说有笑,还有好酒。我和他说话并不多,在此前后联系也不多,但是,他记住了我,让我感动。

刘海栖老师是"老"作家了,只是在明天出版社时,大手笔都用来描摹和实施出版社的宏伟蓝图,作家身份被人淡忘了。最近,他的童话"扁镇的秘密"系列,是重出江湖的信号,媒体和评论界反映不错。

虽然,我们联系很少,但是,他给我的印象非常好。他是真正的山东人,热情、诚恳,讲义气,对人对事负责,是典型的大哥。提起山东人,就会想起他。

离开出版社后,刘老师现在是山东省作家协会副主席。

《布衣:我的父亲孙犁》

2011 年 7 月 20 日　星期三

在当当网买的书送到。有《布衣:我的父亲孙犁》,有《冰心书信全集》。前一本是孙犁的小女儿孙晓玲写的回忆父亲的文集。亲人眼里孙犁的言行,一定会成为孙犁研究的最佳史料之一。这本书总体设计不错,只是内文的字号偏小,看起来费劲。

这些年,我在旧书店有意搜集孙犁作品的版本,几乎没什么收获。我想,这可能是他的作品读者都非常喜欢,得到就不舍得丢掉。看网上,不少人有他各个时期的作品版本，展示开来，蔚为大观，让我羡慕。每当这时，我就安慰自己，还是好好读他的作品吧。

冰心除了家信写得长一些，给其他人的信一般都很短，有的也就是一个便条。1987年，她给一个叫冰姿的小朋友回信，提醒她以后无论给什么人写信，都不要用公家信笺和信封，也就是说要严格做到公私分明。冰心说她从小就是这么做的。

老舍与赵清阁

2011 年 7 月 21 日　星期四

又到单位楼道的电梯口淘到了不少杂志。《博览群书》2011 年第 5 期，蒋泥的《老舍与赵清阁的特殊情谊》让我第一次知道老舍还有这么一段感情经历。

斯人已去，唯有祝福。

《中国编客》

2011 年 7 月 25 日　星期一

《中国图书商报》今年推出《中国编客》专刊，我很喜欢。以前是每期主报都存，后来实在没地方放，就剪贴需要的部分。但是,《中国编客》则每期都留。专刊主编是张维特老师,十年前他领衔办《阅读导刊》的时候,我就是他的读者。《中国图书商报》包括《中国编客》的版式应该是出自他的手笔。他也是新闻出版报社走出去的,可惜,我来的时候,他已经离开了。通过编辑潘启雯联系上他。我给他打去电话,我以为他已经不记得我了,但出人意料的是他还没有忘记我。我们最近一次见面是 2004 年 9 月,在鲁迅博物馆。他知道我还存着当年的《阅读导刊》,希望我哪天拿给他看看。我说:"我留一点,大部分都送给您。"

潘启雯同意我加入到《中国编客》的博客群。哈哈,我的老同事、宇航社的范同学也在这里。几个新朋友和我打招呼,工作忙,我不能和他们长时间地交谈。

对于 QQ,我一直是新手。

儿童文学编辑们的书

2011 年 7 月 27 日　星期三

洪昭光教授在《登上健康快车》一书中写道:牢记"三个快乐"——助人为乐、知足常乐、自得其乐。他说,人生最大的快乐是助人。帮助人的过程,可以净化灵魂,升华人格。

帮人把事办了,但是,因为拖拉,时过境迁,导致办和不办区别并不大,虽然你也花了功夫,尽了力。所以,给别人办事,能快则快,不要让人家等得着急。

收《风云际会:一群热爱出版、热爱儿童文学的人》一书。主编:刘海栖、王建平,执行主编:孙建江、陈效东。明天出版社2011年5月出版。

这本书出版的消息,我是从武林兄的博客看到的。我跟明天社原社长刘海栖老师联系,他请人寄来。看序言,才知道这本书能出版,源于浙江少年儿童出版社孙建江副社长和福建少年儿童出版社陈效东社长,还有江苏少年儿童出版社薛屹峰先生的主意。是呀,我们要记住那些著名的、经典的儿童文学的书,也不能忘记为这些书的出版呕心沥血的编辑。孙建江副社长在序言中展望——要把这本书做成一部好看好玩的书,一部精美别致的书,一部图文并茂的书,一部显示编辑水准的书,一部生动记录中国当代儿童文学出版进程的书。

经过众人的努力,他们做到了。看这本书的第一感受就是,这些会,要是我能参加,该有多好。

书中的老照片,让我看到了那些著名儿童文学编辑过去的峥嵘岁月。每个人都年轻过,但是,岁月的确不饶人。

更多有意思的文章需要慢慢去阅读，我相信，将有更多的会心一笑。

刘海栖老师委托明天社傅大伟总编辑给我寄来此书。信封上有傅总的电话，我赶紧打过去，向他表示感谢。我做记者的时候，采访过他，那时，他负责版权贸易。

孙建江老师是促使这本书能够编辑出版的倡议者和组织者，我给他发短信表示我的喜爱，他说我能喜欢，他很高兴。

还收到磨铁文化公司侯磊寄来他写的《还阳》一书。这是一本古代小说。我们是在《中国图书商报·中国编客》博客群认识的。他说上初中的时候，读过我发表在《少男少女》杂志上的文章，还背其中的句子给我听。那篇文章虽然一般，但是发在《少男少女》杂志上，很多人都看过。只是，现在很少再见这本杂志了。

"你是超级爱书人"

2011 年 8 月 1 日　星期一

收浙江少儿社孙建江老师寄来的书，共六本。

孙老师说："这六本书我基本上是不送人的。其中，《雨雨寓言集》是我二十年前出版的书（创作方面第一本书），时间已很久远了。其余五本均为台湾和国外的书，本来样书就非常少。大陆朋友中，见到的不会多。你是超级爱书人，就送你书吧。希望你喜欢。"

我当然很喜欢。《雨雨寓言集》，1991年由甘肃少年儿童出版社出版，印数三千册，责任编辑是汪晓军老师，他也是儿童文学作家，曾做过甘肃少儿社总编辑，现在是中央党史出版社社长。全书加上扉页和版权页，也不过一百页出头，定价仅一元四角五分。这样薄的书，在出大部头、套书的今天，恐怕很难再出。

相对于马来西亚的书，台湾的还是更漂亮一些。用纸、照片、字体、字号都很讲究。

孙建江老师的著作，我全有了。除了个别是我买的，或者托朋友找的（如他的第一部理论著作《童话艺术空间论》就是请刘春霞大姐帮助找的），其余的，都是他赠送的。这些书，可以集中放在书柜一角。

在报社的时候，我曾为他写过一个专访，提到冰心儿童文学新作奖的二度开发，他说要做获奖作者新作丛书，我的《班长上台》就是该丛书之一。

那几年，冰心奖每年都举行颁奖大会。每次，我都会看到他忙碌的身影，他在照相机后面，用镜头记录别人获奖时的喜悦和感激。

"海豚书馆"

2011 年 8 月 5 日　星期五

上午,古农兄打来电话,说内蒙古冯传友先生来北京,中午想聚一下。他还说武林兄也会参加。我说我只能 11 点 30 分出去,1 点 30 分回单位,下午还要上班。他说那就安排在我们单位附近吧。

武林兄后来因事没来,他如果来了,我就可以看到他新出的《中国儿童文学作家群像》一书了。他也写到了我。

冯老师真是爱书之人,我们递上书,他就旁若无人地翻看,一边看,一边啧啧称赞。冯老师主持《包商时报》的编辑工作,副刊经常有名家的文章,都是他约的。

《新阅读》杂志也是我一直喜欢的,今天,终于见到了编辑部主任宗蕾女士。

下午,海豚出版社朱璐到别的部门办事,顺道看我,带来了四本新出的"海豚书馆",还说他们社正在出沈昌文、钟叔河等人的书,拟在本月举行的上海书展首发。

我送了她一些杂志。请她帮我带一本伦敦书展中国主宾国的画册给俞晓群社长。我和俞社长一直没见过面,但敬仰已久。

书贵在读

2011 年 8 月 6 日　星期六

今天开始整理我的书房，希望能腾出一些地方，至少开关柜门不再像现在这么困难。不看的书，坚决送人。以后要控制买书的量，书贵在读，通过阅读，促进写作。

断断续续看网上视频，中超比赛陕西队胜山东队。看台上向女朋友求爱并被接受的那个球迷，今天是最幸福的，获得了爱，自己喜欢的球队又赢了球，真是双喜临门。

《目光:张之路谈艺录》

2011 年 8 月 7 日　星期日

南京周益民兄发来短信，他在合肥买到了一本张之路老师的书，名字叫《目光:张之路谈艺录》，人民文学出版社和天天出版社今年 4 月联合出版。他还说他查了当当网，还没看到。

我也是从他那里知道张老师出了这么一本书。我希望有成就的儿童文学作家多出这样的书。我是很渴望读到作家谈写作的书的，读这样的书，好似当面聆听他们的教诲，难得。

裴显先教授去世

2011 年 8 月 8 日　星期一

下午,集体乘车到中国纪检监察学院,未来十多天要在这里参加培训。一人一个房间,比我想象的要好。我要好好听课,好好读书。结束后一定要有成果。我还要特别向年轻同志学习。

看《文艺报》,南京大学教授裴显生先生去世,享年八十岁。

我知道他的名字,是上初中时读江苏《全国中学优秀作文选》杂志,第一次遇到"裴"字,以为读 fēi。1994 年在南京第一次见他,请他在我的本子上留言。1998 年,第三届"雨花奖"十佳文学少年颁奖仪式上,他上台讲话,希望小作者要做到"六有",即心中有爱、肩头有担、腹中有墨、胸中有识、目中有人、手上有艺。

这两年,我上大学时的好几位著名教授都故去了,不胜感叹岁月的无情。每天看似都一样,太阳照常升起、落下,平静中又有多少人与我们告别,永远地离去。

先完成，好不好是其次

2011 年 8 月 9 日　星期二

晚上，写有关束沛德先生的文章《束沛德：为儿童文学鼓与呼》。与其说是写，不如说是资料汇编。他的书摆在我电脑桌旁，我是边看边整理。

过两天是他八十岁生日，这篇小文算是我送给他的生日礼物。

早就想写这样的文章，终于写成，好不轻松。

先完成，好不好是其次。以后做事，就要这样。

急流勇退与灰头土脸

2011 年 8 月 10 日　星期三

国足与牙买加热身比赛，从网上看到结果，一比零小胜。媒体说，这是主教练高洪波的告别指挥，大都流露出依依不舍之情。高洪波是有功的，他指挥的一系列热身赛提高了中国队排名，为抽得好签打下良好基础。但是，不能原谅他的是，把亚洲杯当作练兵，兵败卡塔尔小组未出线。全国球迷一致讨伐。

如果重新选择，他可能不会那么做了。

我觉得这个时候走，是急流勇退，很体面。成绩不好再走,只能是灰头土脸,无数教练就是这样灰头土脸和被灰头土脸的。

中国足球,还是要从青少年抓起。

成功的途径

2011 年 8 月 11 日　星期四

一个人成功,总是有理由的。

大多数人睡觉、玩耍的时候,你在努力。大多数人随随便便、敷衍塞责的时候,你精益求精。大多数人准备放弃的时候,你在坚持。大多数人顾及面子、言不由衷的时候,你实事求是。大多数人抱怨、迁怒的时候,你不厌其烦。大多数人放任自流、得过且过的时候,你改正不足,从头做起。大多数人喊苦喊累的时候,你只做不说。

一天一月,可能看不出来。

一年两年,想不成功都难。

很多时候,我们也知道这条路可以到达成功的彼岸,但是,走着走着,我们的思想就开小差了,我们坚持不下去,苦呀!

停下来,当然容易,躺着才轻松呢。

如果看一看《名人名言》或者《成功 365》这样的书,再立一个誓言,许一个宏愿,就能成功,那人人都会成功。

可惜,神笔马良永远只是童话人物。

面对成功者,我们不要嫉妒,我们虚心问一问他都做过什么,摔过多少跤,多少次从台上掉下来,流过多少泪和汗,抗拒过多少诱惑,受过多少委屈。

要想成功,就沿着人家的"路"走吧。除此,没有别的办法。

书山形状火炬塔

2011 年 8 月 12 日　星期五

还是要不断提高自己的水平和能力,否则给你一个职位,你也干不好。

我要把自己的缺点写出来,然后一一改正。虽然有改造到老的说法,但是越早越好。

在电视上看深圳大运会开幕式,给人印象深刻的是那个书山形状的火炬塔,把体育和读书很好地结合在一起。对青年人来说,读书和强身一样重要。组织方称,书山形状火炬塔赛后将继续保留,成为城市的永久性地标矗立在深圳湾畔。深圳人特别喜欢读书,深圳人均购书量应该排在全国前列。书形火炬塔会指引更多的深圳人爱书读书。

朱述新因《废都》影响仕途

2011 年 8 月 14 日　星期日

我的四肢协调能力奇差，手语歌曲《爱》别人看几遍就会了，而我每次都弄反、出错。

也可能是天生小脑不发达，或者笨。

笨鸟也得飞，要加紧练习，我照着电脑的视频练习。

樊发稼老师开博客了，以后可以经常看到他写的文学动态和文章。他发一则消息，我才知道北京出版集团、北京日报报业集团前领导朱述新先生去世了，终年六十五岁。樊老师与他关系密切，给我讲过他的故事——因为北京出版社出版《废都》一事，而使朱先生仕途受到很大影响，过去这么多年，今天依然特别地替他惋惜。

朱先生，请一路走好。

打打篮球挺好

2011 年 8 月 18 日　星期四

好久没有摸篮球了，运起球来，有久违的熟悉感，站在罚球线，可就是投不进，五投零中。

从前再差，也没差到这步田地。

"廉颇老矣?"好像也不是，还能跑起来运球，近距离也有投进去的。

应该是长久没有运动的结果。上次打篮球，还是上大学时。三步上篮，动作很标准，那是考试，老师给了高分。

小伙子们熟练的动作，好像是我的过去。

下次回老家，如果同学聚会，建议打一两场比赛，找回当年打球的那份感觉，也出出汗。

今天就出了不少汗，好久没有这么出汗了。

生活是丰富多彩的，除了买书、看书、写作，还有很多有意思的事，比如打篮球，比如打羽毛球。

不会踢足球，也很少看足球，尤其是自己特别上心的比赛，如果输了最影响情绪。陕西队昨天最后一刻被天津队扳平，煮熟的鸭子飞了，让人郁闷。和这场球有关的报道我拒看。

到学院图书馆，借书三本。

做好事就是在拜佛

2011 年 8 月 20 日　星期六

上午，机关的青年干部来学院，大家一起去凤凰岭。

凤凰岭，刚参加工作那年来过，大约是 11 月份。报社团委组织的活动，当年的不少人，如今已各奔东西，忙着生活和工作。

我们人多，浩浩荡荡，没走多远就又下来了。我印象中当年的几个景点，还没看到。

那里有个龙泉寺，好多人穿着印着"龙泉寺"字样的制服，一跪一拜，很是虔诚。

平时做好事，就是行善，就是在拜佛。

人的一生都是在服务

2011 年 8 月 22 日　星期一

读吕日周《在清华北大的演讲》一书。2004 年 5 月 21 日他在清华大学演讲，提到了责任，他说：

> 什么是责任？责任就是人们在各种社会角色中所必须履行的职责和义务。每个人在人生的舞台上都扮演多种角色，每一种角色都有一种责任。为夫、为妻、为父、为母、领导、为员工……都得履行自己所必须履行的责任。每一个人都要有一种责任感，要为他人负责，为社会负责，尽到自己方方面面的责任。

我想到了服务。其实,人的一生都是在服务,只是服务对象不同。公务员在工作岗位是在为人民群众服务;编辑办报纸是在为读者服务;我们每个人在家庭,又是在为父母、孩子服务;给朋友办事,是在为朋友服务。我们要像海底捞一样,自始至终提供优质高效的服务,这样,我们的品牌才能树立起来。当然,我们能力做不到的,也如实告诉所服务的对象,只要你是真心、诚心,相信他们也会理解。

把心安顿好

2011 年 8 月 25 日　星期四

培训终于结束。回单位,十多天,信和报积攒了厚厚一摞。

其中有《华商报》王锋兄寄赠的他的《看剑堂诗草》(太白文艺出版社出版)。翻看了几首,还真有古诗的味道。现代人能写格律诗,真了不起,古文功底也一定很好。我和王锋兄从来没见过面,下次幸会他,我要先抱拳对他说,佩服佩服,分别时可以握手。

看周国平的《把心安顿好》(湖南人民出版社出版)。他说:"把命照看好,就是要保护生命的单纯,珍惜平凡生活。把心安顿好，就是要积累灵魂的财富，注重内在生活。"

把心安顿好，是要安顿好一辈子，不是说今天安静了，明天又喧嚣起来，那还是没有安顿好。一个人的心，说简单，也复杂。

董桥的句子

2011 年 8 月 26 日　星期五

收当当网送来的书。

有董桥的《青玉案》和《记得》。哈哈，董桥的风格还是那么鲜明。如"凄凄切切残残旧旧还透着古雅的清香""京城寻常百姓家里让王世襄挖出这样一尊绝美的前朝风华"。他不信电子书快代替纸本书，他说："我情愿一页一页读完一千部纸本书，也不情愿指挥鼠标滑来滑去浏览一万本电子数据。"他还说，"都说老头子都倔，电子狂风都吹斜了我的老房子了，书香不书香挑起的事端我倔到底。"哈哈，这几句，也是董桥的句子。

简介还是短一点

2011 年 9 月 1 日　星期四

收屈文平寄来他的散文集《渭之南》(陕西师大出版

社出版),书后附有我给他写的读后感《做一个精耕细作的农夫》。我的简介太长了,我记得当初给他的就一句话,其他的内容应该是他后加的。我看国外好多作家印在书上的介绍都很短,因为短,容易被人记住,且不让人反感。记不记住,我不在乎,我最怕人家反感。

很难形成交集

2011 年 9 月 3 日　星期六

到花鸟鱼虫市场,看中了一本旧书,问老板多少钱,老板说二十,我说五元,老板说不卖,我就走了。

马弟说,你们男同志买卖东西真是简单,这样几句就完了。我说,这本书可有可无,他开价太高,很难形成交集。

编辑最恨不按时交稿

2011 年 9 月 4 日　星期日

看《中国图书商报·中国编客》。"编客声音"栏目选登了我的一段话,是表达对《中国编客》的喜欢。同一版上还有孙建江老师的《编辑最恨》的文章,说到编辑最恨,他总结了五点,其中一点是作者不按时交稿,编辑的口头禅也有一句是"何时交稿"。编辑约了稿子,迟迟拿不到,跟无米下锅没有两样,着急是可以理解的。按时交稿,也是讲诚信,否则就不要签合同。但真要做到,确实很难,文学创作不是工匠做活——想什么时候做好就能什么时候做好。我多次答应,多次都没按时完成,从此不再轻易许诺,只说一个大概时间,争取完成,写好后签合同不迟。否则,我累,编辑也累。

不能参加安兄的作品研讨会

2011 年 9 月 5 日　星期一

安兄发来邮件,9 月 20 日天天出版社要给他开作品研讨会,希望我能参加。我回复:"祝贺你的作品研讨会召开,这个会,我是最应该去的。可惜,我 9 月 19 日要去榆林开会,是我们自己主办的,9 月 19 日报到,23 日结束。我很遗憾不能参加,我能为你做些什么呢?"

写一封贺信,似乎那是高层领导做的。

《开卷闲话六编》

2011 年 9 月 6 日　星期二

收卓越网送来的书。上午下订单,下午送到。可惜我想买的彭国梁的《书虫日记二集》，还没有放进购物车里就点了提交，结果还是没有买到。是为买他这本书而专门上卓越网的，我已好久没在卓越网购书了。

买到了宁文兄的《开卷闲话六编》，上海辞书出版社2011年7月第1版。规格为720 mm×1000 mm，32开，11.75印张，朱赢椿设计。小小的，真是爱不释手。精装本，封面材质很好，但似乎不耐脏，美中不足。这是"开卷书坊"之一种，《书虫日记二集》也属于这个系列。

《〈弟子规〉到底说什么》

2011年9月7日　星期三

夜里12点看球，很遗憾，中国男足一比二负于约旦。场面好看就是不进球，让我想起了我的高中数学老师经常说的一句话："你篮球打得好，但是投不进篮，一切等于零。"

还好，主教练卡马乔刚上任，问题发现得越早越有助于尽快解决。我对中国队从二十强出线还是充满希望的，但是，队员们千万别紧张，一场场踢，一分一分去拿。

1997年十强赛，踢了第一场，就觉得没希望了，其实，那一年的希望最大，后面有多少机会，我们都一次次失去了。

读郭文斌老师的《〈弟子规〉到底说什么》，很好！我觉得他应该去中央电视台的《百家讲坛》讲这本书，以让更多的人知道《弟子规》以及其中蕴含的道理。他说得很对：四种飓风把现代人带离家园。一是泛滥的欲望，二是泛滥的物质，三是泛滥的传媒，四是泛滥的速度。泛滥的欲望抢占了人们的灵魂，泛滥的物质抢占了人们的精神，泛滥的传媒抢占了人们的眼睛，泛滥的速度抢占了人们的时间。

我觉得泛滥的传媒既抢占了眼睛，也抢占了时间，你一天什么事都不做，在网上看新闻，也看不完那些海量信息。我的经验，每天就留出一点时间，尽量别超出这个时间。

于娟《此生未完成》

2011年9月8日　星期四

9月7日出版的《中华读书报》刊登消息，三联书店东侧新开了书香巷，主要卖旧书。

卓越网买的书送到，有于娟的《此生未完成》，有彭国梁的《书虫日记二集》。

知道于娟的名字，是通过周国平的文章，她为于娟的这本书作序。于娟，山东济宁人，1978 年 4 月生，2011年 4 月因病辞世，生前系复旦大学讲师。她患的是癌症，她知道要离开人世了，很坚强地写下了这些文字。

看《书虫日记二集》，才知道嘉兴秀州书局 2006 年就关张了。去年 9 月到嘉兴，我还想去书店看看呢。

彭国梁先生 2005 年一年买了四万多元的书，我们是不能比的。

下午，尚振山兄打电话，他正在印厂盯白连春作品集的印刷，想做毛边本给我，问怎么裁。我说："你三边都别裁，要裁，也只裁最底端。"后来，我们又通电话，还是三边都不裁。

《书虫日记二集》

2011 年 9 月 11 日　　星期日

《书虫日记二集》再有十几页就看完。这些日记写得真有趣。比如写他采访一位王姓老人，老人说，香港回归，开始中方和英方总是谈不拢，她给邓小平写信，提出"一国两制"构想，邓认为有道理，给她回信表示同意，香港问题迎刃而解。中央还奖给了她十万元，报社派人送到她家，她没在，等她去要，没人理她。

看到这里，我只想笑。她儿子说他妈妈就这样得了幻想症，一阵一阵的。

彭国梁先生把每天买的书、收到的赠书，都记下来，真不容易。

何金慧父亲打来电话

2011 年 9 月 12 日　　星期一

收很多人中秋节祝福的短信，也给很多人回短信。

给周晨兄发短信，问他《闲话王稼句》一书还有没有，能否帮我弄一本。他说，还有，没有问题。这是在彭国梁的《书虫日记二集》看到的。此书由苏州文联 2007 年编，周晨设计，共印九百九十九册，无书号，全部赠阅。书中收有文友谈王稼句书与人的文章六十余篇。

接何金慧父亲何显斌先生电话，何先生原是湖北荆门市东宝区教育局局长。何金慧因煤气中毒离世后，他到何金慧曾经工作过的象山小学当党支部书记，整理何金慧的日记、书信，曾经感动过我的《飞扬的哲学女孩——何金慧日记、书信选》，就是他编选的。

他感谢我在博客写到了他的女儿。我说："金慧那么优秀，与您的培养分不开，您现在到外面讲课，讲金慧的精神，鼓励更多的孩子向上，很有意义。她的精神感动了我，我已过而立之年，但我仍喜欢看这些给人力量的书。"

何先生最近在人民出版社出了《歌醒神州：革命歌声中的中国共产党》一书，有机会，我想找来读读。

白连春写在《北京文学》打工

2011 年 9 月 13 日　星期二

当当网的书送到。有一本《中国学生素养读本》（新华文轩华夏盛轩策划，华夏出版社出版），收录了我的短篇小说《亲亲萧老师》。先前，没有人联系我，出版后，没有人给我寄样书。版权页上写着："本书收入的文字作品稿酬已委托中国文字著作权协会转付，敬请相关著作人联系。"我上中国著作权协会网，根本就查不到我的名字。

尚兄策划的白连春的三本作品集出来了，他做了几套毛边本，专门给我送来。他停的车占道，保安让他赶紧挪开，他快速地把白连春签名的章盖上，一溜烟跑了。

白连春的《我在〈北京文学〉打工的日子》，写到了编辑部的很多人，写他们的不和，写他们吵架和打架。把一个编辑部的故事原原本本写出来，我还是第一次看到。编辑都是文化人，即使吵架、打架、相互拆台，也很少有人真名实姓去写。

晚上整理书。南京的《开卷》创办十年来一直给我寄样刊，可是，2003年，我怎么一本都没有？也许存放到别处了。我的《开卷》有一百多本了。

郭风送朋友水仙花

2011年9月14日　星期三

在当当网买的书送到。有梅子涵老师的《童年书——图画书的儿童文学》和《童年书：文字的儿童文学》，有张国功的《纸醉书迷》，后者系"开卷书坊"之一种。我给梅老师发短信，祝贺出新书，文字自然不必说，设计和印刷也很漂亮。还说到2003年秋天，我送他到机场，他称赞高速路两旁高大的白杨。他说，是呀，十年又要过去了。买张国功的书，是因为《文笔》，这是一本内部刊物，我手头的这两期，他是特约编辑。

读完了《开卷闲话六编》，好多文字都是重读，仍然有新收获。屠岸说郭风从1978年起，每年都寄福建漳州特产的水仙花到北京，直到2009年止。这一年，郭风住院，而郭风的儿子也离开人世，他不能再让儿子代劳。书中提到了古吴轩出版社2007年10月出版的《叶圣陶书影》，我头一次听到这本书，真想拥有一本。附录是纪念《开卷》创刊十周年的发言，与会者都称赞凤凰台饭店有文化情怀,十年坚持办这本杂志,功德无量。很多人都不会想到,从今年开始,凤凰台饭店创办的《开卷》离开了凤凰台,改为卧龙湖书院主办。我收到多期,总觉得纸张没有以前的厚。如果有难处,也许只有宁文兄一人知晓,不足为外人道也。

如果让我写樊发稼老师

2011 年 9 月 15 日 星期四

收《小学生时代》样刊。突然有一个想法:给《小学生时代》的稿子大约写三四十篇后,可把这些文章结集出版,就叫《课本作家的故事》,做成文图本,主要写多数人都不知道的小故事。

我把这个想法告诉现在的责编吾斌,她也很支持。她说:觉得可行,《读者》上也经常有类似的文章。对于小孩子来说,伟人太过高大便不好亲近,还是生活故事比较温情耐读。

我说要在后记中感谢她,她说:"哈哈,好,让我也沾点光芒在身上!谢谢!可惜我们不是出版社,不然你的责编还是我抢来做。"

报社李淼来,把吴然老师的《踩新路》一书带来了。这本书去年就寄来,一直放在报社。

收福建少年儿童出版社杨佃青兄寄来的《心，要柔软些》，这是樊发稼老师最新作品的合集。我是在他博客上看到，然后问杨兄索要的。书中收录了樊老师给我的一封信，也附了我对此信的简单回复。

我更看重的是书中的其他文章，读出了正直、正义与激情。如果让我写樊老师，我会写《一个充满激情的老人》。

中国书店买旧书

2011 年 9 月 16 日　星期五

上午，去中钢大厦参加招投标监督的会。我以为只参加上午的会就可以，没想到最后还要签字，签字就要负责，只好参加了全天。

下午 3 点多结束。后去中关村那里的中国书店。

三楼也卖旧书，先到三楼，发现旧书都太贵，普通的一本旧书，也要十五元以上，十元的几乎没有。地下一层有不少好书，我挑了二十五本。结账时，我问他们是不是一家的。他们说是。我心想，一家，但是两家的价呀！

看到了一本知青日记选，又在旁边的架上发现了更新的，就拿了最新的，买回家才发现，新的是知青书信选，它们两个封底完全一样，我误以为是同一本书。

还买到了《算得快》，这是我上小学时父亲给我买的书,让我学好数学,我没有看完,只看了几节,确实管用。

王泉根老师发来邮件,征集《2011 中国儿童文学年选》,我查看了今年的投稿记录,居然没有一篇今年的原创儿童文学作品。去年也没有,前年给《小学生导刊》写,勉强算是。

今天没去单位,回来看《中国新闻出版报》电子版,发现我写束沛德老师的文章已经登报了。我原来想当然,以为 8 月给他们投稿就可以马上发出来,算是给束老师一个礼物,结果等到了现在。

董桥看书不留书

2011 年 9 月 28 日　　星期三

回西安。

陕西足球队换帅了,高洪波上,桑德拉奇下。对杭州那场,高第一次指挥,止住了败势。希望他带领陕西队走得更远。

看梁文道《访问十五个有想法的书人》,董桥排在第一个。梁问得精彩,董答得不避讳。但是,董的那些做法一般人是学不来的,比如他说看书不留书,看完后就送给喜欢它的人,这样写文章就不会受影响。董还说,大陆文字写得好的,真没有几个。他推崇陆灏。我估计董看大陆作家作品并不多。

看《骞国政散文选》，我喜欢李沙铃为该书所作的序。李沙铃先生的文字在陕西作家中还是有特点的，如他自己所说，有音乐感。这套"陕西作家散文丛书"，1989 年出版，印数很少，我看到的只有骞国政和李沙铃的，不知道给别的作家出了没有。这本书一直放在我老家的书柜，现在闻起来似乎还潮潮的。

网上获悉，武林兄的新书发布会搞得很成功，祝贺！我出差外地，未能到场，遗憾！回北京后，请他再办一场，哈哈！心情是真切的，羡慕、嫉妒。

日记和书信帮我练笔

2011 年 10 月 4 日　星期二

整理屋子，整理信件。两纸箱信，大部分是工作后收到的，上大学时收到的信毕业时运到了家里。我收到这么多信，也写过很多信，如果汇编起来，总字数并不比我写的文学习作少。朋友刘峰曾经说我，日记和书信帮我练了笔。我写字一直很慢，那些信，特别是给重要朋友的信，不知道花了我多少时间。

翻看着这些信，让我想到了很多。我弟弟的信，他对我毕恭毕敬，大小事都向我报告，信任我，我要做他一生的好兄长。家乡老师和朋友的信，言辞真诚，让我想到了他们给我的支持和帮助，我要好好努力，不让他们失望。最让我难过的是，有的朋友当初联系是那么密切，后来却失去了联系。希望他们过得好。

还有一些是工作上的来往信件以及他们寄给我的贺卡，没有他们的帮助、理解，也没有我的今天。

那时候，一封信会让我高兴好长时间，如果是期盼已久的，会反复看，并按收信时间排序。

整理还在继续，有机会，我要重新拿起笔，给朋友写信，也希望收到朋友的信。

二十年，一下就过去了

2011 年 10 月 5 日　星期三

继续整理信件。

2000 年 6 月 19 日，程丽则老师来信，寄《南大报·悼念程千帆先生专刊》，让我将其中一份转孙月沐先生（时为《新闻出版报》副总编辑）。她在信中说："他是我父亲的学生，但最终缘分不够，失之交臂，我对此有深刻的记忆，并一直深为惋惜。"

王琪知道我一直关心西安的人和事，经常寄西安出版的报纸给我。1999 年 6 月 8 日，他寄《华商报》登的户县一个叫"孙林雨"的人，假冒名家到处投稿并获取稿费，这是一组连续报道，他都剪了下来。

高中同学张霄 2000 年 10 月 8 日给我写信，其中有一句："回想周中三年时光，真让人眷恋，生活尽管很清苦，但过得充实快乐。"

前些天，高中的几个同学聚会，说后年将是母校七十周年校庆，在座的都感慨时间过得真快。今年是 2011 年，也是我们 1994 届学生入校整整二十年。

小时候写作文会写二十年后是什么样，平时很少去想。二十年，一下就过去了。

我不再抱怨和懊悔时间的流逝，我要珍惜现在，过好每一天。

读书的目的

2011 年 10 月 6 日　星期四

整理旧报纸。报道 2001 年北京申奥成功以及国足冲击世界杯的有一批，还有我曾经工作过的《新闻出版报》。20 世纪 90 年代初，我们报的版式风格很有特色，被同行认可，还写入教材。后改来改去，就成了四不像。我也是其中推动它成为四不像的人。当时认为自己做的是最正义的事业，今天看，不如不做。

2007年《中国新闻出版报》扩为十二个版,大家用心做,很累,有站起来要倒下去的感觉。关起门,评报会上还老是挑错、提意见,针锋相对,今天看,确实办得不错。如果能坚持下来,该有多好。可惜后来自己放弃了。

一个人如果能看到很远,可能也只有他看得那么远,他应该说服大家跟他走,承担起这个责任,因为占多数的群众并不一定就是对的。

读书的过程是愉悦的,但目的是什么?我想首先应该是提升自己,做一个有修养的人,然后去影响别人,创造一个和谐的环境。如果读书反而让一个人变坏,而且这些坏是从书上学的,不如不读。

看郭晓惠(郭小川女儿)编著的《一个人和一个时代·郭小川画传》,知道了郭小川笔名的来历。一次战斗结束后,郭小川获得了一件战利品———支日本钢笔,上刻有"小川一郎"字样,他对这支钢笔特别钟爱,遂开始使用笔名"郭小川"。郭小川原名郭恩大,参加革命后改名为郭苏。郭晓惠分析,可能有向往苏联之意。

樊发稼:向孩子们学习

2011 年 10 月 7 日　　星期五

夜里 3 点多醒,睡不着,起来,翻看《开卷闲话四编》,这是2008年买的书,2011年终于看完。

读樊发稼老师散文集《心,要柔软些》。在《我与儿童文学》一文中,他写道:"我高度崇尚文艺家的德艺双馨。积五六十年之经验,以我平生阅人阅文阅世之广,深感臻达此境界之不易。文章著作写得很美很漂亮,内心深处却重虚名争实利、喜欢作秀、妄自尊大、忌妒同行、攻其一点不及其余,甚至视友为'敌',喊喊喳喳,蝇营狗苟,迹近宵小。人、文相悖,双重人格,此之谓也。此文艺界有,儿童文学界也不例外。我这样说,或许有点夸张,但绝非故作惊人语,想想心痛不已。在这一点上,我倒认同'向孩子们学习'的提法。我们不妨学习孩子的单纯、朴实、纯真和善良。一切儿童文学作家、批评家,要自觉加强高尚道德修炼,真正取得'灵魂工程师'的合格证。以前辈——儿童文学家叶圣陶、冰心、陈伯吹、金近等为榜样,一心一意服务儿童,高风亮节,做人之楷模、文之表率。"

《我与儿童文学》写于2010年4月26日,原是作为少年儿童出版社《樊发稼三十年儿童文学评论选》的后记。此次重读,令人震撼,也受教育。

七天假就这样过去了,就像窗外疾驰而过的车辆一样。这些天我一直在家整理东西,不用收心,明天开始,好好上班。

《书人》好比小伙子和大姑娘

2011 年 10 月 8 日　星期六

长假后上班第一天,格外忙碌。把在单位没有时间看的报纸带回家,看到感兴趣的新书,就在当当网暂存起来。看报纸,也是在逛书店。

收湖南萧金鉴先生寄来的《书人》。这本杂志久违了,前些年他一直给我寄,后来不知何故中断,我以为停办了。五册杂志,两百多页,我一页页翻看,单是书影,就让人心旷神怡。《书人》的风格不同于《开卷》,《开卷》好比是老人,《书人》就是小伙子和大姑娘,更能被年轻人喜欢。

收《今日中国》样书,最新印数三万二千五百八十六册。这一版的纸张和印刷比第二次好多了。

喜欢第 10 期《延河》杂志上的组诗《从西安到长安》。作者张怀帆兄,我与他吃过两次饭,对面而坐,交谈不多,但给我印象极好。朋友王琪介绍的朋友,都是可以信赖的。

看《社科新书目》,才知道已出至第 1000 期。我在上面发过文章,如果让我写回顾的文章,一定能写出不少故事。那年冬天抱我们报的合订本给他们,马弟写过专栏。我弟弟做过报纸的记者,虽然都很短暂,但是感情深。弟弟临走的时候,负责人戴昕说:"你考上研究生更好，你要是没有考上，还欢迎回来继续工作。"这是多大的爱护和信任呀！我弟弟每到重大节日都会给戴昕发一封祝福短信，这也是不忘本。

吴克敬《伤手足》

2011 年 10 月 9 日　星期日

在当当网买的书到了。送书的人说："你晚上下了订单，如果想要快，第二天上班可以去门口拿书。"他说的门口，是我们单位对面一个酒店的门口。当当网在那里设了一个分发货的点，有小半年了吧。

买的书有吴克敬散文选《伤手足》。这篇同名散文是

《美文》杂志穆涛老师推荐的，在地铁里没有看完，下地铁看完后才出站，有三处让我流泪。吴克敬写到了他的二哥，孝敬父母，爱护兄弟，虽都是小事，然可歌可泣。我想到了我的弟弟。我们见面也争吵，但兄弟之情仍至上。我多次在博客中写到他的优秀，但他都要我删去。他常以我为榜样，而我从他身上学到的优秀品质更多。现在的独生子女是不会体会到那浓浓的手足之情的。

《长满书的大树》，湖北少年儿童出版社 2011 年 6 月出版，收录四十余年来的国际儿童图书节献词以及安徒生奖获奖作家的演说词。该书 1993 年 9 月由湖南少年儿童出版社出版，责任编辑是汤素兰。2005 年 9 月，湖北少年儿童出版社重新出版，责任编辑是徐鲁。此次是第三个版本，也是最新的版本。第一本翻译署名是毕冰宾，第二本和这一本是黑马，其实是一个人。黑马是研究英国文学的专家，研究劳伦斯。文笔很好，电影《混在北京》，就是根据他的同名文学作品改编的。

徐鲁老师很喜欢"长满书的大树"这个名字，他 1999 年 5 月在四川教育出版社出的一本散文集，就用了它。

下午，机关党委邹兵叫我到他办公室，说新闻出版总署机关和直属单位要推荐一人参加中国作协八大，问我推荐自己还是于青。我才知道自己被列入候选人名单。他又说可能于青那段时间要出国，我说，如果于青在，就推荐于青，如果她出国，就选我自己。于青是人民出版社副总编辑，写过不少书，她年龄比我大。我还有很多机会。

孙犁报纸副刊编辑奖

2011 年 10 月 10 日　星期一

读贾平凹散文集《天气》。天啊，他都快六十了。他的散文《四十岁说》，仿佛墨迹还未干，我刚刚读到，都不敢想散文集《四十岁说》已经买来十七年。好像就放在南京中山东路新华书店的一层，书里夹的收款收据显示，买书的那一天是1994年11月11日。2008年去香港，买的也是他的《四十岁说》，名字一样，内容不同，香港这本，是白烨选编的，收录了他早期散文的代表作。小开本，更精致。

中国新闻出版网公示"孙犁报纸副刊编辑奖"评选结果，十名"孙犁报纸副刊编辑奖"和十名"孙犁报纸副刊编辑奖"提名奖。获编辑奖的十人中，听过其中六人的名字，与两人有过淡如水的交往。前些天，新华网公示全国优秀新闻工作者名单，也有我认识的人获奖。做编辑、记者时，曾奢望职业生涯能得一二奖项，如今看来没有机会了。

中国足球又输了

2011年10月11日　星期二

如果以后有可能写一篇有关中国足球的小说，第一句，我肯定会这么写：

中国足球又输了。

今晚依然。结束外面的聚会，匆匆赶到家打开电视，下半场刚开始。那时只落后一个球,有的是时间,有的是机会,但都被国脚们一一浪费了。别说卡马乔,就是卡尔·马克思来,中国足球照样"毁人不倦"。

这个结果,写球评的人,都懒得写了。

一个月后希望有奇迹发生。如果发生,真是奇迹。

晚上,和武林兄见陶东风、徐莉萍老师夫妇。徐老师曾在北京少年儿童出版社工作,和武林兄做过同事。我认识她更早,大约是2000年初。上次见面,应该是七八年前了。

安兄赠我他新出的"金蜘蛛诗意童心"系列(共八本),还有《中国儿童文学作家群像》。后一本早就出版,我一直没看到,也就是说,这几个月我们没有见面,要不,他会送我的。这些书都是毛边本。我用刀子最先裁开的是他的散文集《母亲的故事是一盏灯》,我喜欢他的散文,特别是《黑豆里的母亲》,给我印象深刻。

武林兄说他的"金蜘蛛诗意童心"系列只做了三套毛边本,我一套,他留一套,剩下的那套还没送出。他喝多了,说的可能是酒话。

他留那么短的头发,我很不习惯,一看就想笑。本来头发就少,又短,简直就是光头。

《放下：快乐之道》

2011 年 10 月 21 日 · 星期五

到济南开会。

晚饭后，到所住的宾馆一层书店买书两本：星云大师的《放下：快乐之道》和《中国名画家全集·石鲁》。前一

本书是让人学好，让人平和。我想到的是"放下屠刀，立地成佛"，正如《论语》所言："君子之过也，如日月之食焉。过也，人皆见之；更也，人皆仰之。"星云大师所说的放下，是该放下要放下，该提起要提起，不能永远都放下，也不能永远都提着。

石鲁是长安画派主要创始人，贾平凹早期有一篇散文写到他。"文革"时受迫害，1978 年 11 月平反，1982 年去世，终年六十三岁。这本书 2003 年由河北教育出版社出版，定价五十八元。

这个书店的书，都不打折。也是看的人多，买的人少。

店虽小，书很全，给作家张炜专设了一个书架，他创作的大部分作品都摆在上面。

济南淘旧书

2011 年 10 月 22 日　星期六

来济南前，发短信问于晓明兄济南有哪些书店。他本想联系自牧老师，请他告诉我。可惜自牧老师不在。后又联系济南日报社的赵晓林兄。晓林兄说英雄山文化市场和中山公园都有书卖。

英雄山文化市场，大都是卖新书的店，且以学生教辅读物为主。有一家店的书与众不同，三联和广西师大出版社的占了多数。他们打七折到八折。我看了看没有可买的。

中山公园的旧书市场不小，我到时将近下午 4 点，大多开始收摊。买书六本，有《建国以来毛泽东文稿》两本，《中国当代文学研究资料·柳青专集》《第一期整党重要文件与资料》，还有明天出版社原社长刘海栖先生的作品集《笔·肚皮·一个故事》，1991 年 5 月出版，精装本，印数一千五百册。

今天打车的运气特别不好。我站到马路左边，左边几乎没有空车，我站到右边后，左边有车，右边又没有。如果早来一点，不至于那么多书店关门，可挑选的书也会多一些。

我的散文集《想成为别人家的孩子》也在那里卖，没有我的签名,应该不是从朋友那里流出去的。

在英雄山文化市场,想请人刻一"放下"的闲章,只是他们所擅长的字体,不是我喜欢的,没有刻。

张亚勤:勤奋和承诺

2011 年 10 月 24 日　星期一

上星期六的"强素质作表率"读书活动主题讲坛主讲人是微软公司全球资深副总裁、微软亚太研发集团主席张亚勤。百度一下,他还有一个著名的头衔,曾是中国科技大学少年班学生,入校那年只有十二岁。

他著的《变革中的思索》由电子工业出版社出版。书中摘录了美国前总统比尔·克林顿称赞他的话:张亚勤领会了勤奋和承诺的真正意义。对于我们来说,任何成功都离不开辛勤的工作,他的成就对大家无疑也是一种巨大的鼓舞。

勤奋,承诺,所言极是。

这本书是单位同事送我的,她知道我爱书。她还送我张亚勤的另一本传记《张亚勤:让智慧起舞》。

收《少年时代》样刊,不知道书中所载的这篇文章是从哪里选的,对我来说,是一个惊喜。谢谢执行主编陈晓霞女士。

孙犁：关于编辑和投稿

2011 年 10 月 27 日　星期四

　　收浙江慈溪上林书社编辑的《上林》。封面"上林书社"的印刻得特别好。封三有一组印，署名是孙群豪，封面那枚可能也是他的作品吧，我特别喜欢。

　　收《包商时报》，这一期给我印象深刻的文章有两篇，一是阿滢写的到包头访问冯传友的书房，二是夏春锦写丰子恺研究专家吴浩然的故事。他们都是纯粹的爱书人。

　　读孙犁的《秀露集》，在《关于编辑和投稿》一文中，孙犁说："敝帚自珍，无论新老作者，你对他的稿件，大砍大削，没有不心痛的，如果砍削不当或伤筋动骨，他就更会难过。如果有那种人，你怎么乱改他的文章，他也无动于衷，这并不表现他的胸襟宽阔，只能证明他对创作，并不认真。"

纸质书消失引激辩

2011 年 10 月 31 日　星期一

10 月 28 日出版的《中国图书商报》摘录了《新京报》

10月27日的报道《亚马逊做出版引发行业关注——纸质书消失引激辩》。

我的观点，消失不会，但会日趋式微。看看地铁里有多少人是拿着阅读器和手机在阅读而不是书就知道了。

今天出版的《中国新闻出版报》，报道北京光合作用书店纷纷关门。我去过大望路和石景山的分店，就像现在的天气一样，一天比一天清冷，我也曾感慨他们能不能经营下去，不幸被我言中了。网络书店对它们冲击太大。我为它们的关闭感到可惜，却又无可奈何，这是大势。

写日记的矛盾

2011 年 11 月 1 日　星期二

本没打算去北京图书大厦，坐地铁到西单换乘，心想，去一下吧，顺便在附近吃个饭，就上去了。

买书四本，除去两本业务书，有一本是彭国梁的《书虫日记》，去年买过一本，送给了安兄。其实，我已有一本，想把那本作为收藏。在长沙我有不少朋友，以后去长沙，可以拜访彭先生。他的日记生活气息更浓，吃喝拉撒全有。孙犁说："日记，如只是给自己看，只是作为家乘，当然就不能饱后人的眼福。如果为了发表，视若著作，也就失去了日记的原来意义，减低了它的价值。这实在是这一形式本身的一大矛盾。"

另一本书是崔建明的《辇下风光：湖州的书事》，写湖州藏书楼的故事。邀扫红等三位女士为之作序。我想起来了，扫红在她的《尚书吧》一书中写到老崔，大家都叫他"深圳碟王"，看碟看成精了。书后的大量照片不错。

家里的门锁坏了，叫开锁公司的人来，晚上10点才进屋。

喜欢看《天天向上》

2011 年 11 月 2 日　星期三

上午在家，等昨天为我开锁的小伙上门装新锁。补写几天来的日记。我一直希望每天临睡前把当天的日记写了，但总做不到。这两天还好，先把每天要写的东西大致记在本子上，有空再写。如果不这样做，时间一长，想回忆也回忆不起来。

下午，当当网的书送到，共十本。装到书包，准备这两天看的共四本：阎庆生的《阅读孙犁》，茅于润的《我的父亲茅以升》，夏志清校注的《夏济安日记》，黄若舟的《怎样快写钢笔字》。昨天在北京图书大厦书法专柜，翻看字帖，居然有人用硬笔写启功体，还像那么回事，还有把启功的字集成一本书的。如果下功夫学，肯定能学得很像。

我买快写钢笔字的书,希望我写字能快起来,提高效率。

晚上,见汤集安兄。1999年,我去长沙参加全国书市,他从报纸上看到我的名字,给我打电话,好像是打到房间的。但是,我们一直没见过面。多少年过去,他留给我的印象依然是《全国中学优秀作文选》封二"银河小星"那个样子。他现在湖南卫视工作。整个晚上,吃饭的包间放的都是湖南卫视的节目。我对他的下属说,我喜欢看湖南卫视,最喜欢看《天天向上》,偶尔也看《快乐大本营》,《玫瑰之约》没停以前,我也经常看,冯琪的样子,令人难忘。

我的书勾起了她的回忆

2011 年 11 月 3 日　星期四

魏隆庆从西安来。他的同班同学、我的师姐皮皮妈请吃饭。她带的皮皮,果然调皮。孩子不调皮,难道让大人调皮吗?后来,皮皮的爸爸也来了,四川人,儒雅得很。皮皮妈说他也喜欢买书。

皮皮妈说,我送给她的《为什么我不快乐》一书,她姐很喜欢,好像都流泪了。我想,这不是我写得有多好,而是我们两个人的老家离得很近,写到的生活,她也经历过,勾起了她的回忆。

连续两个晚上,都在外面和人吃饭,施亮老师如果知道了,肯定要批评我:不好好读书写作,老跟人聚会,耽误时间。

给书判了"无期徒刑"

2011 年 11 月 4 日　星期五

收浙江夏春锦先生寄来的《泰山书院》和《书简》。

今年以来,留意他的名字,看他发了不少有见地的文章,我心生敬佩。

这两份内刊,都是第一次看。我原来以为《书简》登的是一篇篇的书信,很素雅,没想到内容庞杂,版面语言也丰富。《泰山书院》的主编阿滢先生,久仰大名,在网上读过他有关书的日记,很喜欢。《泰山书院》登有天津罗文华先生的《缤纷书房》,罗先生说他的太太不忍看他的书长期堆在地上落灰,寻来几十个纸箱,硬给它们"安家落户",这样一来,等于给这些书判了"无期徒刑"。

我也有不少被判"无期徒刑"的书。难过呀难过!

看这两本刊物,我还有一个想法,以后不轻易给人写字,更不要题字,特别是你的字写得不好的时候。

从没去过潘家园旧书市场

2011 年 11 月 5 日　星期六

上午，参加报社同事刘蓓蓓的婚礼。饭后，本来想去附近大名鼎鼎的潘家园旧书市场，从京瑞大厦走到地铁口也没看到，只好作罢。

来北京这么多年，潘家园旧书市场一次也没去过。

到大成双盈市场，买书三十四本(套)。今天买的这些，品相特别好，虽然出版时间久远，但是好像也没几个人看过。如《政治战线上和思想战线上的社会主义革命学习文件选编》，是 1963 年印的。《成语辨析》(修订本)和《成语辨析》(续编)分别出版于 1987 年、1986 年，依然如新，跟从印厂刚出来一样。高占祥的"人生宝典丛书"共十册。《建国以来毛泽东文稿》又买到一本，第 1 至 6 册，我都有，网上看，已经出到第 13 册。越往后，估计越不好配。《鬼雨：余光中散文》，花城出版社出版，我先前有一本的，去年初，送给我的大学老师，一出一进，这一本是 1990 年 12 月第 3 次印刷。

我买书，主要是阅读和使用，其次是好玩。

浏览孔夫子旧书网，孙犁的《耕堂劫后十种》居然要八百元，这个价，也太高了吧。

孙犁喜欢的作家

2011 年 11 月 7 日　星期一

孙犁在《欧阳修的散文》一文中写道："道德文章的统一，为人与为文的风格统一，才能成为一代文章的模范。欧阳修为人忠诚厚重，在朝如此，对朋友如此，观察事物评论得失，无不如此。自然、朴实，加上艺术上的不断探索，精益求精，使得他的文章，如此见重于当时，推仰于后世。"

这应该是成为好作家的一条正路吧。

除了欧阳修，孙犁还喜欢司马迁、柳宗元等人。

一切节省都是时间的节省

2011 年 11 月 8 日　星期二

收第广龙兄寄来的三本书：两本散文集《一棵枣树》《大城》，一本诗集《彩色水鸟》。昨天看《西安晚报》电子版，他获得了第二届中国报人散文奖，该奖的评选活动由《美文》杂志社和西安晚报社共同举办。获奖的还有西安的刘小荣老师。我发短信祝贺。

广龙兄工作那么忙,出书这么多,真让人觉着不可思议。

他喜欢走路,走了西安很多地方。他走路的时候、写作的时候,心里是安静和平和的。他的文章,也是走出来的。

志鹰兄送书来。《中学生时间管理宝典》,我很喜欢。如照此去做,必受益无穷。

《怎样快写钢笔字》的开始部分引用了马克思的一句话:"无论是个人,无论是社会,其发展、需求和活动的全面性,都是由节约时间来决定的。一切节省,归根到底都归结为时间的节省。"

一切节省都是时间的节省。我经常用这句话鼓励自己,也说给别人。我一直以为是我的发明创造,没想到马克思早说过了。

《怎样快写钢笔字》,买了新书后才发现我还有一本同名旧书,新书好像是影印本。我手头的旧书1978年10月第1版,1980年1月第2次印刷,印数达到一百七十五万册。

说到做到

2011 年 11 月 11 日　星期五

今天是《新京报》创刊八周年。以前,创刊纪念也买报纸的,但都没有看完,大多是手头事情多忘记了看,或者存在那里说看,却一直没有看。今天翻看完了,用时不长。三十九位知名的学者、专家、企业家,回顾 2011 年。展望 2012 年的特刊,可以给我弟弟寄去。

中国足球又输了。

这样的话,已经写了无数次。从我看球以来,我不懂球的时候,中国足球更是一部血泪史。

我觉得还是体制有问题,也跟队员的努力有关。现在诱惑太多了,队员也不一定能抵挡得了。

想到我,如果让我去踢,我会怎么样?

我要扎扎实实做事,不辜负自己,不辜负家庭。把我的工作就当作球场。我要做一流的球员,甚至球星。不当中国队队员那样的球员。

我要认真工作,成为一流的人才。学开车,要学到最好。学写讲话稿,要写得最好。

我要认真写作,成为一流的儿童文学作家,至少是真诚的作家,像孙犁评论欧阳修一样。

我要磨砺自己,抵抗诱惑。

答应别人的事就去认真做。

说到做到。

刘建宏说得好,中国足球一次次失败,不是这十一个人的责任,是我们所有人的问题。

新书打折似乎也不正常

2011 年 11 月 13 日　星期日

到三联书店，买杂志数本，书没有买一本，只是记下了名字，准备在当当网上买。

前些天，有朋友在我博客留言，大意是如果有一天真没有了书店，对我们这些喜欢书的人来说，将是一件十分恐怖的事情。

如果真那样，会很可怕。

卖书不打折，似乎不正常。刚刚出版的书都打折，似乎也不正常。

我问同事台湾书店的书打折吗，回答：诚品书店的也打折，好像是八折吧。

现实版《趣经女儿国》

2011 年 11 月 14 日　星期一

看中央电视台三套的《欢乐英雄·西游记专场》。后又在网上搜索《艺术人生》2004 年播出的《西游记再聚首》。朱琳所说的御弟哥哥别来无恙，当年看，以为只是一句平常的问候，再搜索，才知道朱琳曾经很喜欢唐僧的扮演者徐少华,因徐少华有家室,才把那份感情埋藏在心底。用她的话说,像女儿国国王一样,把爱情当作憧憬。

他们都了不起,是现实版的《趣经女儿国》。

读丁帆老师发在《随笔》2011年第5期上的文章《今为辛卯,何为辛亥?》。对于辛亥革命的评价,有不少,肯定和否定的观点都有。丁帆老师认为:辛亥革命最大的功绩就在于推翻了帝制,在中国历史上画出了一条红线,即告别了几千年的封建社会,走向了现代民主的资本主义社会。

我非常赞同。

丁老师1952年生,1994年我第一次见他的时候,他才四十二岁。

往事真不堪回首。

上海师大李学斌兄发来短信,他已评上副教授。祝贺。

武林兄唱歌

2011年11月18日　星期五

晚上和马弟一起见张之路老师、武林兄,叶显林、赵易平、谭旭东、张菱儿、左昡等人都在。单位加班,路上又堵车。我到的时候,他们已经吃完饭,集结在附近的一家歌厅。

武林兄唱歌，大都不在调。但看举止表情，那么专注、无辜，哪敢怀疑他不是发自肺腑的，歌为心声，不是故意耍跑调，而是正常表现。他一唱，我必须蹲下来捂着肚子，防止笑破了肚皮。

我唱了一首《不白活一回》。哈哈，老歌了。

武林兄送书七本。有李洪林的《理论风云》，萧三的《珍贵的纪念》，陈白尘的《云梦断忆》(1984年三联版)，斯威夫特《格列佛游记》(1979年人民文学出版社版)。这些书，如果在孔夫子旧书网上卖，一定要不少钱。陈白尘的《云梦断忆》，这个封面，是第一次看。

李洪林的《理论风云》，正文前有作者说明四条，如下：

一、本书文责由作者自负。

二、欢迎批评。批评意见如不公开发表，请赐寄作者一份(由三联书店转交)。

三、本书所收文章，个别文字有所修改。但是，凡受批评之处，一律不再改动。这不是"坚持错误"，而是遵守论战规则。

四、书中人名，除引文，不再加"同志"字样。

多么大气的说明呀。有底气才会大气。

张菱儿赠《前辈：从张元济到陈原》一书。是他们社长俞晓群所著,俞老师签名:"孙卫卫兄雅正"。签名日期是 10 月 12 日。

周晨第四次获"中国最美的书"

2011 年 11 月 21 日　星期一

周晨兄发来短信:"2011 年度'中国最美的书'今日于沪上揭晓,《阳澄笔记》一书榜上有名,这是本人第四次获此荣誉。特此禀告,感谢各位好友多年来的支持。"

这本书,他今年夏天来京曾送我。当时,李玉祥先生也在,认为设计不错,有可能得奖。果不然。

我发短信询问我们的书设计进展情况,他说加紧在做。不是在催他,而是对他的设计充满期待,不知道他会把我们的书打扮成什么样子。

这两本书,分别是武林兄的《爱读书》和我的《喜欢书》。我设想年底可以出版。

《八十溯往》

2011 年 11 月 22 日　星期二

当当网买的书送到。有沈昌文的《八十溯往》,这本书刚出来的时候我就盯上了。稍后,张菱儿打电话说他们社长要送我书，我以为是这一本，就没有买。那天确认不是，赶紧上网放到购物车。我喜欢薄薄的设计很雅的书。《八十溯往》属海豚文存系列，希望这套书一直出下去，多一些，有趣。

还有一本是剧作家李龙云写于是之的《落花无言——与于是之相识三十年》，这是 2004 年出版的《我所知道的于是之》的加厚版。《可以暴烈　可以温柔》写到了许多女间谍，很多人都好奇她们的经历，而这些人的确是在没有硝烟的战场穿行。

我见到了贾平凹先生

2011 年 11 月 24 日　星期四

晚上，见贾平凹先生。

请他给我带去的书签名，包括他早年出的《兵娃》《山地笔记》《月迹》。《兵娃》是他的第一本书，他好像说他也没有了。一边签，一边说那个时候出的书，都很小，现在的很大，也很漂亮。

我买他的书不少，没敢多带，怕累着他。其实，多带一些也无妨。他一进场，寒暄后，就坐下开始签名，签了二十多本。

穆涛老师介绍我是周至人，贾老师干杯说，周至是个好地方。我说，棣花好，棣花好。棣花是他的老家。

书魅文丛（第二辑）·喜欢书二编

88

《平凹之路》一书先是登穆涛老师和贾老师的对话，而后是贾老师的文论，这是他们合作的一本书。忘了请穆涛老师签名，去之前，心里还想着呢。

朱增泉将军做东。早知道他去，应该带上他的诗集《享受和平》，也请他签名。他送我一套人民文学出版社刚刚出版的《战争史笔记》，共5册，名字签在了第1册。

朱将军在《美文》杂志发过不少散文。贾老师说："我们看好一个作家，就连续发他的东西，非把他发出名、成为名家不可。"大家都笑了。朱将军的笑更爽朗。他就是这样被《美文》发出名、成为名家的。

这么近距离地接触一位将军，于我是第一次。

要离开时，发现包间里有笔墨纸砚，朱将军对贾老师说，要不写几个字。贾老师说没带章子。我说画个章子吧。他说笔也不好。我们都没想让他写，毕竟，他的字的价钱在那里摆着呢。

收海豚社张菱儿寄来的《海豚书馆》多本。过些天，我也得回赠她些东西，才称得上礼尚往来。

说我临过爨碑

2011年11月25日　星期五

上午在平安里西大街41号开会。坐我右边的安监总局的杨兄说我的钢笔字像爨碑,问我是否临过。我说没有。我都没听过有这个字体。

回来后,在网上搜索,有那么一点点像。这个字,贾平凹写《孙犁论》提到过,我不认识,就跳过去了。

儿童文学研究会

2011 年 11 月 27 日　星期日

晚上和《小学生拼音报》王兆福老师见面。我原以为王老师来北京,武林兄约我去看他。结果是,他和武林,还有一些朋友开中国儿童文学研究会理事会,他们是一个战线的,我是看望的人,还蹭了一顿饭。

我上大学时曾向当时的秘书长(可能是这个职务)宗介华老师提出过入会申请,他没有同意,大意是待我写出有影响的研究文章再说。前些年,他们突然发给我一张入会登记表,我一看,要交那么多会费(印象中是五六百元),再想想我依然没有什么像样的儿童文学研究的文章,就没有填。

青岛出版社少儿期刊中心主任李茗茗女士也参加这次会议。听她讲开发选题、如何走向市场的思路和做法,真是敬佩。要做好一件事,就要想办法、下功夫,就要认真、细致、精益求精。

她女儿在中国传媒大学上大四，我们和她碰杯，她说："谢谢叔叔支持我妈妈的工作。"

第一次和李宏声见面。他喝了不少白酒，自9月末以来，我是滴酒不沾，今天仍然以茶代酒。

"确是难于删去一个字"

2011 年 11 月 28 日　星期一

写文章，常想起张中行转述叶圣陶的话："文章写成，如果人家给你删去一两个字而意思没变，就证明你的文章还不成。"张又说，吕叔湘先生的文章"确是难于删去一个字"。

这些是我从俞晓群老师的书上看到的。

我更喜欢"爱书人"这三个字

2011 年 11 月 29 日　星期二

高中同学王皓英发来短信，希望我担任他们学校校报《毓园》的特邀顾问。无非是挂名，但这个名我愿意挂，因为是老同学交代的事。

上下班路上看阿滢的《秋缘斋书事四编》，他的日记更有生活气息。很多事情，我们都有共同的看法。四川龚明德先生创造了"书爱家"这个词，阿滢肯定是"书爱家"。而我更喜欢"爱书人"这三个字，简单、朴实，就像那些老书一样。

和家乡同学共勉

2011 年 11 月 30 日　　星期三

在地铁里琢磨给《毓园》的寄语，记在手机里：

善读书，勤练笔，首要的是把教材和老师规定的作文写好。

读有字的书，也读生活这本无字的大书，培养豁达的胸怀。

三年、十年、二十年很快就会过去，人与人的差距在于对时间的不同把握。

很多年以后，当你们回忆中学时光，想到更多的是同学的友谊，而不仅仅是发表文章，这就对了。

——与家乡的同学共勉

孙卫卫

二〇一一年十一月二十九日

到单位再看短信，才发现《毓园》是校报，我以为是
文学社，看来上面这段话还得改。

陕西浐灞要搬走

2011 年 12 月 2 日　星期五

早上起来，发现夜里下雪了，虽然不大，还是很高
兴。这是今年北京的第一场雪。冬天就应该经常下雪。

这几天经常看新浪体育频道有关陕西浐灞队的消
息，传说球队老板明年要把队伍拉到贵阳。陕西球迷群
情激奋，希望留下来，但看形势的发展，留下的可能性很
小。有陕西老板出来说话，要组织自己的球队，从乙级打起。

如果没有大企业大老板支持，凭陕西企业的实力要
组织一个球队且要达到顶级联赛的水平，太难。国力的
李志民不是败得很惨吗？乙级就一定能打到中甲吗？从
中甲冲击中超也不是那么容易的，河南建业用了多少年？

如果真走了，也不必太难过，把自己的日子过好才
是最重要的。看国外的顶级联赛去。

临近年末，单位的事特别多，每天工作完成后，都要
坐在座位上先歇息一会儿，再下楼，回家。

纸上得来终觉浅

2011 年 12 月 5 日　星期一

当当网上买的书送到。

有一本是《侯卫东官场笔记》之八。隔了好几个月，前七本的人和事，很多都不记得了。看此书的欲望没有先前那么强烈。九是大结局，应该也快出来了吧。

想起了当初读当年明月《明朝那些事儿》也是这样。不同的是，《明朝那些事儿》的语言俏皮，情节更吸引人，替古人担忧，从旁观者的角度看，更能理解历史中的一些道理，也反思现在，我是看一本盼下一本。

"纸上得来终觉浅"，很多事并不是看书就能解决和做好的，比如想把文章写好，并不是看如何指导写文章的书就会真写好，也不是看看炒股的书，就会赚得盆满钵溢。正因为如此，人们才会发出"绝知此事要躬行"的感慨。

"民间"也是个鱼龙混杂的地方

2011 年 12 月 6 日　星期二

读《书香阿滢》一书中王国华的文章《作为民间的〈秋缘斋书事〉》，文中写道："其实从人员组成来看，'民间'并不比所谓主流圈子更纯粹，也是个鱼龙混杂的地方，既有拉小圈子的投机者，又有落寞学者、过气作家；从见识和学识上看，主流话语中假话横行、空话连篇，'民间'话语中亦是狠话横行、谬论连篇。真理在主流话语中少见，在'民间'亦然。如果说

'敬畏、健康、包容'是主流应该具有的优点，它同样是'民间'应该努力的方向。"

这也是用辩证法的观点看问题。

我如果参加民间刊物的聚会，会以什么身份呢？我希望是爱书人。当年召开第一届民间读书报刊年会的时候，南京宁文兄曾邀请我，第二届似乎还邀请过我，我都没去。他也不再请了。

三本有意思的书

2011 年 12 月 12 日　星期一

上午，收到冰波老师的书。同样的内容，《毒蜘蛛之死》，做成了三本封面不一样的书。有意思。

他分别在三本书的扉页题字：

卫卫，你喜欢这一只蜘蛛吗？它已经22岁了。

孙卫卫，感谢你一直对我的信任和厚爱！

孙卫卫：让我们一直走在儿童文学的路上。

这本书的出品人是郭敬明，出版社是长江文艺出版社。

我后来才发现，封面上手写的"冰波"二字也是他后来题签的。

督促自己快快写儿童文学

2011 年 12 月 20 日　星期二

中午，到邮局订明年的报刊，共四种，《文学报》《报刊文摘》《学习时报》《学习活页文选》。我小的时候，每年从九月份开始，就盘算着来年订哪些报刊，计划很好，要订的报刊总是密密麻麻写满两三页纸，到头来，没有钱，只能一砍再砍。

给袁滨兄、王志先生、孙永庆先生寄书。答应了的事，就赶紧去做，免得让人家牵挂。

收湘子兄寄来的《兔子班的新奇事》一书，这套书有三本，他说我们家书太多，就寄一本。这本书，我准备放在家里的电脑桌旁，督促自己快快写儿童文学。

上网太耽误时间，有些内容不看也没什么损失，看了也就那么回事。所以，以后还是少看。网上逛来逛去，就像一个学生不认真学习功课，老是看闲书一样。

未来是白纸

2011 年 12 月 21 日　星期三

单位发明年的日历，有一本是商务印书馆做的，特别精美。一边是他们员工的照片，一边是名人名言，空白页还可以写自己的感想。如此漂亮，都不舍得在上面做记号。但是，不写不画，这一年过去，日历就没有用了。还是要写要记，把每一天都过好，总结自己的得失，争取将来少一些遗憾。

未来都是白纸，看你怎么书写。

"放下"

2011 年 12 月 26 日　星期一

满平兄发来短信："看兄博客，得知想刻一方闲章'放下'，我刻好已快邮。印石为普通，印文为朱文。望兄喜欢。"

我真是喜欢。先是收到印章，我还奇怪他怎么知道我喜欢这两个字呢。后来，我想起曾经在博客中提起。

谢谢满平兄。

《先生姓钱》

2011 年 12 月 28 日　星期三

西安晚报社刘小荣老师来京，我和武林兄一起到他住的饭店看望他。后来在附近一个地方吃饭，武林兄买单，价格不菲。别人送武林兄生羊肉，武林兄问我要不要，要给我一只羊腿，我连连摆手。

刘小荣老师的《先生姓钱》，11 月获得《美文》杂志举办的中国报人散文奖。《先生姓钱》写的是南京大学钱林森教授，刘小荣先生的硕士生导师。说起钱先生现在身体不好，说起钱先生对他的关爱，我看到，刘老师的眼睛湿润了。有这样的学生，老师岂止是欣慰！

如果能为朋友、老师流泪，也是真朋友、真师生了。

所谓的朋友不要多，要真朋友。

书的风格

2011 年 12 月 29 日　星期四

把买来的"青春读书课"陆续往家搬。这套书由深圳的教师严凌君先生主编和导读,在商务印书馆出版时,我曾买过其中几本,后被朋友借去。这一次,由海天出版社重新出版,我买来了全套十四本。

在北京图书大厦,我看到有人给这套书拍照,估计是宣传人员。

这是一套好书,如果能全部读下来,并吸收其中的营养,一定会对一个人的成长大有益处。

我突然想到,南京的吴非老师,也可以主编这样一套书。书的风格,也是主编的风格。

《一碗阳春面》

2011 年 12 月 30 日　星期五

高中时学过一篇课文,叫《一碗阳春面》,作者是栗良平,多少年过去,对文章仍记忆犹新,仿佛自己当时就在那个面馆。

"青春读书课"之《成长的岁月》一书,也选了这篇文章,翻译成《一碗清汤荞麦面》,作者署的是铃木立夫。

网上查证，翻译成"一碗清汤荞麦面"更好，阳春面是中国江南的特色面食，和日本除夕之日吃的荞麦面还是有所不同。作者应该是栗良平，漓江出版社 2005 年出版的《一碗清汤荞麦面》署的就是栗良平的名字，这本书获得了作者的中文简体版授权。

和过去一年慢慢告别

2011 年 12 月 31 日　星期六

在单位加班至晚上 9 点多。

回家。

慢慢走，就像慢慢和 2011 年告别一样。

想起过去一年做的事，就像回看相册一样，照片可以将身影定格，但是，留不住时间。

愿小孩子快快长大，愿大人慢慢变老。

感谢老朋友，感谢新朋友，感谢给我支持与帮助的每一个人，感谢惦念我的人。

感谢我的家人。

2011 就要过去了，我很怀念它。

愿 2012 更好，愿每一天都充实。

2012 年

《我走进了城市》

2012 年 1 月 6 日　　星期五

　　陕西高勇兄来，带来了他的新书《我走进了城市》。这本书作为北京市新闻出版局"青年原创书系"出版。在出版过程中，我只是托报社的同事做了一件微不足道的事，也就是问这本书何时出版。他对此很感激。

　　我感兴趣的是他的故事，他的永远向上的勇气和毅力。他的起点很低，但是，凭着自己的努力，一天天，一年年都往上走，终于取得了不错的结果。

　　今天，还有很多人，他们的生活条件很差，但是，经过努力，几年后，一定会有很大的改变。从这

一点来说,上天对每个人都是公平的。努力,就会有结果。

服务全国新闻出版工作会议,老臣兄的作品研讨会没能参加。抱歉。

总要有领头羊

2012 年 1 月 8 日　星期日

看甘南藏族自治州在保利剧院举行的感恩汇报演出。一个自治州能做这样一台节目,真不简单。

我看的时候在想,任何时候、任何地方,都要有一个领头羊,有时候是自发形成的,有时候必须确立。比如唱歌,比如舞蹈,总要有一个主角,其他人要么是配合,要么是陪衬,不摆正自己的位置,就无法和人合作,就无法去做事。

希望家乡出版社多出儿童文学书

2012 年 1 月 11 日　星期三

收李耿巍师弟快递来的《〈人民公敌〉事件》一书。《〈人民公敌〉事件》是他和他的硕士生导师(也是我当年的大学老师吕效平教授)编的一台话剧,演出后产生了很大的反响。后来,就有了这本书。

我在三联书店最早看到,没有买。现在要用,书店早就没有了,只好求他,还好,他有,慷慨送我。

未来出版社的孟讲儒兄和白海瑞编辑来。我真心希望家乡的出版社能有更大的发展,特别是在儿童文学出版这一块,有一些作为。计划经济时代,陕西少年儿童出版社也曾出了一些和儿童文学有关的书,包括理论著作。后来,逐渐远离了儿童文学。

《思无邪——当代儿童文学扫描》

2012 年 1 月 12 日　星期四

山东袁滨兄赠书两本,一本是张达的《藻思集》,一本是张咏的《草龙堂读书记》。张咏以网名"东吴门生"在天涯社区闲闲书话写读书日记,我看过一些。这本书节选了一部分。

袁滨兄和全国很多书友都有交流,我相信他的书房还有不少这样的书。送我这些书,对他来说,应该是割爱吧。谢谢他。

收湖北少儿社寄来的《思无邪——当代儿童文学扫描》一书。这本书是李东华的评论集,里面有一篇文章写到了我的书。我以前在媒体上看到过这本书的介绍,见到真书,还是喜出望外。装帧设计、纸张比我想象的要好得多,开本也比我在报纸上看到的大,很大气。

当当网上买的书送到,准备让作家签名后,送给老家的孩子。

搬运道具

2012 年 1 月 17 日　星期二

单位举办春节团拜会。我和同事坐在一起,准备好好欣赏节目。突然被叫去,说帮个忙,有一些节目需要搬道具到舞台,谁谁谁负责,让我听她的,到时候一起搬。

我说好,没问题。

对于这些力所能及、举手之劳的事,我历来是:好好好、没问题。

都是简单的道具,桌子、椅子、乐器、麦克风。麦克风,我们怕弄不好,商量后让专门管麦克风的人搬上去,再收回来,而我们只是搬桌子、椅子、乐器。

搬几把,搬到什么位置,是靠近观众席还是靠近舞台的背板,搬的人必须清楚。不能上一个节目还没谢幕你就把下一个节目的东西搬上台,也不能演节目的人已经上去了,道具还在下面。虽然都是小事,但是演出无小事,只许成功,不许出差错。

严格说来，还是出现了一个小差错。有一张纸，也是剧中的一个道具，本来放在左边的台下是对的，一个等待上场的演员说，这个应该在右边，他们怎么忘了拿，我们赶紧弯着腰送到右边的台下。演员下场后找道具不成，我又赶紧从右边取回来。

总结的教训是，那个时候，没有十足的把握，不要说话，就听负责人的。

演小品的魏积安、唱歌的谭晶也来了，我们站在边上，看得特别清楚。人民音乐出版社的那几个女孩，民乐演奏得真是好！对她们的敬佩之情，油然而生。

同事们说："几乎每一个节目都能看到你，辛苦了。"

辛苦不怕，就怕自己的失误影响了大局，好在顺利完成了。

靠舞台这么近，这样的机会以前不多，以后也不会很多，因为我是一个没有艺术细胞的人。下一次这么靠近，估计还是搬搬道具。

哈哈，乐意，本来就是联欢嘛。

《前思后量》

2012 年 1 月 18 日　星期三

收《悦读时代》第 6 期电子版。有夏春锦的读书日记，也有我的"喜欢书"日记。我的似乎啰唆了一些。

收杨广虎新著《终南漫笔》，这本书是他所有书里做得最好的一本，大气、厚重。广虎写东西快，虽有繁忙的工作，产量依然很高，在我们这几个人里，他应该是出作品最多的。

中午，看望施亮老师，给他拜年。他回赠旧书六本、新书四本。旧书里有他父亲施咸荣参与翻译的《富人，穷人》，还有一本1978年8月出版的"供内部参考"的书《白比姆黑耳朵》，我居然不知道这本书。对外国文学，我的阅读量太少太少。我看到施老师书架上，主要是国外的作品。国内作品只是零星点缀。

他的散文集《前思后量》刚刚由中国青年出版社出版。他在后记里写到了我："我还要特别感谢好友孙卫卫兄的热心，他帮助我找到了许多未存留的电子文本。"他的那些文章当初在《深圳特区报》等报刊发表，我及时代他将电子版保存起来，没想到这次居然用上了。他现在写文章依然是用笔写。

施老师只有一本样书，还不能送给我。

喜欢《猫武士》的嘀嘀

2012 年 1 月 20 日　星期五

　　同事洪霞姐的孩子小名叫嘀嘀，今年十岁，再过几天就十一岁，我问他多少公斤，他说想一下，然后说34.5 公斤，我问他为什么还要想一下，他说以前只说斤没说过公斤。他和外公生活在一起，外公接送他上学，带他到图书大厦看书，而爷爷远在吉林，一年只能利用寒暑假去看两次，我问他和外公亲还是和爷爷亲，他说都亲。我说："你如果在外面迷了路怎么办？"他说找警察或者那些维持秩序的人，或者老奶奶，让他们给妈妈打电话。

　　我到图书大厦买书，也带着他。去的时候地铁里有空座位，他不坐，回来的时候，他想找空座位，却没有，他可能有一点累。但他又说，这还不是最远的，有一次和妈妈在外面旅游，妈妈带着计步器，走了一万七千多步。

　　我想给他买书，我问他喜欢看什么书，他想了想说，《猫武士》。到书店，有一个比他大的孩子也在找这本书，他们还交流看到哪一集了，营业员带那个大一点的孩子找到了放《猫武士》的书架，我们跟着，两个孩子发现那些书都看过，而新书还没到，有一点失望。

　　他大名叫张君诺，我说："你知道你名字的意思吗？"他说是要他讲诚信。我说："我将来把你写到我的书里，你愿意吗？"他说当然愿意。

喜欢《文汇报》的"笔会"版

2012年2月2日　星期四

报社同事转来半年多寄至报社的信件,大多是赠刊赠报。我换单位后,告诉了他们新地址,有的依然往老地址寄。有一个企业的内刊,新地址寄一份,老地址也寄一份,我赶紧回邮件,请他们不要再往老地址寄,以免浪费。

这些举手之劳的事,如果老是拖拖拉拉办不好,总让人怀疑其内部管理是不是到位和专业。就像一个人,不能做好流水线上的工作,期望他做出大事来,很难。

工作、生活中哪有那么多大事?

自己应当引以为戒。

好久没有看《文汇报》了,今年有幸获得一份。新闻可以不看,但"笔会"版差不多每期都留。以前的主编是刘绪源先生,现在主编是周毅,印象中1999年在长沙全国书市的时候,见过面,她当时就在《文汇报》工作。首席编辑潘向黎,是已故著名教授潘旭澜先生的女儿。"笔会"版已经形成了它的风格,那就是立足沪上,放眼全国,对老作家特别钟爱。

不久前,发博文,说见到毛边本,迫不及待想读,苦于不好裁。安兄留言,得准备裁纸刀,袁滨兄赶紧制止:"裁纸刀的不要哇,刀下留情! 应该用木质钝刀,或者不锋利的竹片,这样才可裁出毛边来啊。"

我晚上用一把塑料小刀裁袁滨兄的《盈水集》，也割出了毛边。用一把很钝的金属刀，也得到同样的效果。

很多人是边看边裁，我喜欢裁完后再看。不少人根本就不喜欢毛边书，觉得麻烦。

再见了，我的记者生涯

2012 年 2 月 7 日　星期二

如果不专心，不有效利用，晚上属于自己的时间也会悄悄溜走，好多次一看表，又到睡觉时间了。

看中国记者网，我的记者证被注销。其实，前年离开采编岗位，去年没有年检，我就知道迟早要给注销。如果这样还不注销，倒不合乎规定了。

再见了，我的记者生涯。我不是好记者。但是，那些年确实是难忘的。

《文学经典记忆：作家出版社首版珍藏图书选》

2012 年 2 月 11 日　星期六

武林兄赠《文学经典记忆：作家出版社首版珍藏图

文学经典记忆
MEMORY OF CLASSICS
作家出版社首版珍藏图书卷
SELECTED FIRST EDITION WORKS BY WRITERS PUBLISHING HOUSE

作家出版社
WRITERS PUBLISHING HOUSE
1954-1964

书选》。精装本，16开，收录作家社早年出版的一百八十二本图书封面。第一本是刘白羽的《对和平宣誓》，1954年9月出版；最后一本是浩然的《艳阳天》，1964年10月出版。那个时候的封面，简单、朴素。但是，似乎都是这样的风格，也让人觉得单调。

把署名北京少年儿童出版社出版的《有老鼠牌铅笔吗》送给张之路老师。无须鉴定，一看就是假的。这本书好像是我多年前在西安一家个体书店买的。武林兄想保存，张老师又转送了他。

请张老师在《长长的跑道：张之路获奖小说选》签名，这本书是"当代中国校园文学丛书"之一种，1995年出版。我在哪里买的，一时想不起来了。

更喜欢《微书话》

2012年2月13日　星期一

重新把几天前的日记贴上去，又被新浪博客删除。原以为是韩少功的文章中有不适合新浪博客刊登的内容，这次，一字没提，依然被删。到底是什么问题，我也懒得和他们去交涉了。

下午4点多,博文恢复,系统收到一消息:

> 尊敬的用户,您好!我们已将您的文章《妈
> 妈说她想我》恢复。您可以在博文列表中看到
> 此文,给您带来的不便,深表歉意。

用一民兄的话说,是无罪释放了。看来,是输入关键
词,让机器删帖。想一想,如果全是人工操作,工作量得
有多大!

当当网买的书送到。有胡洪侠的《微书话》、董桥的
《这一代的事》、蔡家园的《书之书》等。胡洪侠先生2009
年出过《书情书色》,后又出过《书情书色》二集,两相对
照,我更喜欢《微书话》,因为这里面有他。

摩挲着这些书,我希望我将要出的《喜欢书》也做得
如此漂亮。

没有人再小视《华商报》

2012年2月15日　星期三

看《华商传媒》2011年第6期。卷首语是华商传媒集
团董事长张富汉的文章《心态决定状态》。他说,乔布斯

一直用"Stay Hungry, Stay Foolish"来激励自己,有人把这句话翻译成中文是:求知若饥,虚心若愚。张富汉进一步解释:求知若饥,就是对新东西保持旺盛的饥渴感,像饥饿的人找食物一样索取新知;虚心若愚,就是时刻保持谦虚的心态,像"愚笨得什么都不知道"一样处理工作,只有在心灵深处保持足够的谦虚感,才可能拥有真正的强大。

2011年,华商传媒集团营业收入达到三十七亿三千九百万元,其中,《华商报》营业收入突破十亿元。十四年过去了,在西安、在陕西,没有人再小视《华商报》。

看李银河为冯唐《如何成为一个怪物》写的序,其中有这样的话:王小波是练过字的(他的导师许倬云是个文字绝佳的人,他在看了王的小说后提出"还要练字"的要求,后来许对小波的文字亦相当赞许)。

《爱读写》把2011年给杂志写稿的作者的照片登在封三,以示感谢。小小的举动,让人备感温暖。人都是有感情的,如果一个报纸或者杂志的编辑,对工作、对作者认真负责,我就特别喜欢。他(她)再次约稿,我也会尽量满足。

每年能交一两个好朋友、真朋友,长久下去,也会很可观。可是,谁能保证交的就一定是好朋友、真朋友。你在变,朋友也在变。

一切随缘。你真心对朋友好,走了的,也理解人家。因为还会有新朋友,等着你去交往。

人是复杂的动物

2012 年 2 月 17 日　星期五

看崔道怡的《小说课堂》。他在《名家未必真君子——代后记》写道:"有些名家,未出名前,谦恭有礼。待到作品出世,作者一举成名,遂'一阔脸就变',连说话的气势和腔调都变得让编辑觉得自己矮半截儿。小人得志情状,令我悔不当初:只选文品而未看人格,人和文原来是两码事儿,名家未必真君子。"

人格能轻易看出来吗?不可能。今天总结了,难道以后不重蹈覆辙? 人,是复杂的动物。

到张之路老师家搬书

2012 年 2 月 18 日　星期六

上午,接张之路老师电话,告诉我和武林兄下午可以去他的旧家搬书。

我准备了一辆小行李车、两个手提袋。到张老师家时,武林兄已经到了。他在电梯口接到我。张老师坐在小板凳上清理,清理一个书柜,告诉我们,这个我们可以拿走。他还说："你们不要客气,你们不拿,我也得想办法处理掉。"

武林兄爱护我,谦让我,让我先挑。他的阅读范围广,边挑边给我介绍:"这个你应该拿一下。"遇到他喜欢的,他也是先征求我的意见,问我要不要,确定我不要,他就拿着放到他的区域。他的那一摞逐渐高起来。

看第一个书架的时候,我还比较客气,后来,看着武林兄的书越来越多,我的动作也快起来,取着上面的,看着中间的,恨不能同时把下面的也拿走。武林兄给我介绍的,我不管好不好,先照单全收,他问我要不要的,我一般说不要,君子要成人之美,我知道他是想要。他就喜滋滋拿下来,仿佛是摘到了胜利的果实。

慢慢地,我的书的数量超过了他,这主要是一些工具书和古典名著,如《中国艺术影片编目》(上、下册)《世界美术全集》(共 11 本)《中国典故辞典》《柳宗元集》,还有北京出版社的精装"三言二拍"。这些书,我也不知道什么时候有时间看,但是,想着张老师要处理掉,就觉得可惜,索性先搬回家。

张老师家的老书也很新,《古文观止》(上、下两册,1959 年 9 月新一版,1978 年 3 月辽宁第 1 次印刷),好像没有看过几次。《废都》第 1 版,似乎刚从仓库运出来。我喜欢的《张天翼童话选》和《沈从文小说选》也看不出是二三十年前出版的。

按照约定,挑完后,我和安兄又互相翻看对方的书,安兄一惊一乍,说好多他喜欢的书都被我挑走了。安兄那一堆里,有《新时期中篇小说名作丛书·陆文夫集》,这套书还包括王蒙、张洁、张贤亮、蒋子龙的,被我先挑走,陆文夫的这本武林兄不好不给。还有《中国民间故事选——历代英雄人物传说》,是我小时候看过的,后来不知道丢在哪里了,武林兄也让给了我。这本书是中国少年儿童出版社1985年4月北京第1版,我上小学的时候,在镇上的书店买的。那时候还不是开架售书,我喜欢故事,隔着柜台,让营业员取,营业员很不愿意,她可能看我不像是真买,结果,我买了,花了两块多钱。这个定价当时还是很贵的。

　　有两本书,武林兄特别喜欢,我也喜欢,开始不舍得,后来还是给了他。还有两本书,一直没舍得给。这两本书分别是苏联阿·托尔斯泰的《布拉基诺历险记》(陈佐洱翻译,福建少年儿童出版社1984年4月第1版),美国莫尔顿·亨特的《情爱自然史》。在回家的路上,我在想,这两本书只是暂存我这里而已,过一段时间,我会送给他。

　　往下转了四五趟,我们把书运到一楼对面的小饭店,让他们帮我们先看着。今天最大的失策就是准备不足,应该多提一些袋子,安兄也后悔没有拉他的那个购书的专用行李箱来。小饭店的人可能以为我们是倒卖旧书和破烂的小商小贩，因为之路老师将一个传真机和一个台灯送给了武林兄，我也收获了一个公文包。

安兄的是一百四十本，我的是一百五十五本。我知道好多书是安兄让着我，没舍得拿。

毛主席看他的挂像

2012 年 2 月 25 日　星期六

看《焦裕禄读本》，书中写到毛泽东主席 1952 年 10 月底视察河南兰考(当时还未与考城县合并，还叫兰封县)，在一个农民家里，毛主席看到正面墙上贴着他的像，下面还有一幅南海大士画像，禁不住笑了。

这家的女主人给毛主席介绍说："这是毛主席像。"毛主席笑着点点头。

女主人又说："这是老奶像。"

毛主席说："在旧社会我家也挂过，现在不兴挂啦！你就是挂上也没有妨碍，它不吃你咧，也不喝你咧！"

南海大士即观世音菩萨。

高兴和喜欢最重要

2012 年 2 月 26 日　星期日

很多年前，经济学家盛洪写过一篇怀念李慎之的文章，有如下记述：

> 除了学问，慎之先生也在做人上给了我一些虽然小，却是直接的教益。在我第一次拜见他时，他评价我说，"你的举止基本合格，但有一点小缺点，就是我给你倒茶时，你应该自己接过来倒。"后来我到他家去时，没有向师母问好，他也曾写过一篇没指名的东西，说我口头"追求高尚"，却不能身体力行。

阳早和寒春是美国人，却热爱中国，年轻时来到中国，此后一直在中国工作。他们的儿子阳和平出生在中国，现在还在中国。

多年前，阳和平接受网络访谈，有网友问："到底是什么理念让您的父母这两位美国的大专家宁愿在中国偏僻的乡村为中国人民工作呢？"

阳和平回答："整个一个问题是中国特色的，老讲好像应该到大城市去,应该生活好之类的,在西方没有人这样问的,对西方人来讲不是这样的,他问你高兴吗,你喜欢吗,你对你做的事业高兴不高兴,喜欢不喜欢。温饱解决了,其他的都无所谓的,干你喜欢干的事情。现在很多人看问题的眼光是非常狭窄的, 而且是非常世俗的。比谁的钱多、谁的房子大、谁的收入高,以这个为幸福的唯一标准,这是特别狭窄的,这种人是特别的孤独。"

三个难忘的电视广告

2012 年 2 月 27 日　星期一

　　晚上继续看《文化局长》一书。看了《二号首长》,再看低级别的官场,就觉得不过瘾。

　　有三个电视广告片,我一直忘不了。一个是云南卫视的形象宣传片《大有可观》,一个是"劲酒虽好,可不要贪杯",一个是某品牌摩托车的广告,好像是新大洲的。

　　《大有可观》网上还可以搜索到,十多年前,看云南卫视,就是奔着这个片子,看完立刻换台。劲酒的广告,也十多年了,虽然现在广告词还是那句话,但我更喜欢当年那个女孩说的,那真是关心你,提醒你少喝。摩托车的广告更早,只记得是在央视新闻联播结束后的时间段播。

留点小秘密好

2012 年 2 月 28 日　星期二

收河北少儿社快递来的《冰心奖获奖作家佳作精选》样书两种，我有小说和散文入选。散文有一篇是《一本书和一份工作》，这样的文章我现在是写不出来了。那时候，总是想把自己的一切通过文章告诉别人，现在觉得还是留一点小秘密比较好。

孙重人和孙重一

2012 年 2 月 29 日　星期三

不管你在什么位置，都要如履薄冰，如临深渊，很多人都在看着你，甚至等着你犯错。

看《出版商务周报》(2 月 12 日) 的报道《周晨设计中国最美的书》。和周晨兄以书结缘，我喜欢他的装帧设计，十多年前他做的"忆江南丛书"，现在依然没有过时。好的设计都不会过时。

下午，开完会，集体在会议室读柏杨的《中国人史纲》，会议室里静得好像大学的阅览室。

扫红的《尚书吧故事》，多次写到孙重一，我后来买到《书缘：一个书店经理人的札记》，没有注意，以为也是孙重一写的。前些日子，宛芸校对《喜欢书》的书稿，指出名字不统一，我今天才知道他们是兄弟两人，孙重人是哥哥，孙重一是弟弟，都喜欢书，都在深圳。

胡耀邦要求中青年干部多读书

2012 年 3 月 1 日　　星期四

看 1982 年 9 月 7 日出版的《文摘报》，头版转载了《北京晚报》的文章《读两亿字的书》。这是胡耀邦同志当时对中青年干部的要求，而且是至少阅读。文章分析：假如一个人有五十年的读书时间，则每年要阅读四百万字，才能达到这一要求，也就是说一天要读一万多字，而且每天都要如此，不能间断。

每天读一万字，对我来说，几乎不可能，我读小说也读不了这么快。

我写小说也是这么想

2012 年 3 月 2 日　　星期五

一周又过去了，这周真快，不能说是虚度，但似乎也没做什么事。

网上找到一张南京大学北园的照片，一片绿色，很是喜欢，这应该是盛夏和初秋的景色吧。我曾在这条路上走过两年，毕业后回校园，每次都走走，想到的是过去的时光。

胡洪侠的《微书话》终于看完。这本书写得好、装帧设计好。两处给我印象深刻：一是徐晓很认可伍尔夫的书评好玩好读，胡大侠让她也去写书评，她说这太难了；二是胡大侠说一旦进入小说世界，你就是自由的，你是主人，是呼风唤雨的万物主宰、谈情说爱的爱王情圣、南征北战的绝世将领、胡思乱想的心国皇帝。我写小说也是这么想。

要把书真当书读

2012 年 3 月 4 日　星期日

我有一个不好的习惯，就是从不在书上做记号，我看过的书和刚买回来没看过的没有什么区别。孙犁说："我爱惜书，不忍在书上涂写，或做什么记号，其实这是因小失大。读书，应该把随时的感想记在书眉上，读完一本，或读完一章，都应该把内容要点以及你的读后意见，记在章尾书后，供日后查考。"宛芸说："卫卫，真要把书读下去,写写画画还是要的。"安兄武林写写画画,真是把书当书,我则把书当艺术品。

"人人读书,外国也要恭敬我们"

2012 年 3 月 6 日   星期二

教育家陶行知说:"去年,五十二国在旧金山开万国教育会议,各国报告国内读书人数都在百分之九十以上,中国读书人数,百人中只有二三十人。相比之下,很伤国家体面。如果,我们国家人人读书,人人明理,外国也要恭敬我们了。"这是他 1924 年致安徽教育厅厅长卢绍刘先生信中的话。"去年"是 1923 年。

宛芸发来 2011 年 7 月发布的《出版物上数字用法》。1995 年,有关部门曾发布《出版物上数字用法的规定》。两个规定都是国家标准,但是,2011 年的新规,估计绝大多数人,包括专门从事文字编辑工作的人也不知道。既然颁布了,为什么不大张旗鼓去宣传呢?

我现在写文章,遇到能用汉字表示的尽量不用数字。

再也回不到从前了

2012 年 3 月 7 日　星期三

看柏杨《中国人史纲》。元朝时蒙古人对汉人施以暴政，蒙古兵团攻陷福建莆田后，全城大屠杀，血流有声。待到金帝国和蒙古帝国崩溃时，凡在中国的女真人和蒙古人，几乎全部被汉人屠杀。柏杨写道："侵略者必须付出代价，即令本身没有付出，后裔也要付出。这种付出使人对佛教的因果报应，发生联想，会忍不住悚然叹息。"

叹息，叹息呀！

晚上，和安兄一起拜访施亮老师。施老师听力减弱后，我们三个很少再在一起聚会。和上次一样，安兄带了笔和本子，每次写出来，施老师看后哈哈大笑。笑声还和以前一样爽朗，但是，我心里还是有一些难受，我们永远也回不到从前了。

施老师赠书三本，漓江出版社的"外国通俗文库"，《流浪儿迪克》和《内讧》，他的新著《前思后量》。

我把安兄喜欢的《情爱自然史》"还"给了他。

张菱儿赠《幼童文库》第一、二集。俞晓群任社长后，海豚出版社脱胎换骨。俞社长是真正做书的人，我敬佩他，虽然还没见过他。

这是一种尊重

2012 年 3 月 9 日　星期五

收孙建江老师寄来的《中国儿童文化》第六辑、第七辑以及《中国儿童文化研究年度报告》若干本。《中国儿童文化》如果再配上第五辑，创刊以来的七辑我就全有了。

师长和朋友寄书，我打心里感激。书也许没有多少钱，但是，能想着我，在百忙中寄给我，有的甚至要亲自写信封、包装起来，再送到邮局，真是麻烦他们了。

孙建江老师经常给我寄书。谢谢他。

高中同学吴小鹏通过博客的纸条发来信息，想购买我的书给孩子阅读，他说盼给账号和汇款金额。

吴小鹏可以直接问我要的，但是，他提出要买，以示尊重我的劳动成果，让我很温暖。我决定近期送他一些书。

报纸不要去跟网络拼新闻

2012 年 3 月 10 日　星期六

好久没看《北京晚报》了，今天才发现很多副刊都集中在星期六出。网络越来越普及，报纸辛辛苦苦做出来的新闻，都被网络转载了，报纸反倒没有以前那么吸引人了。我曾经很喜欢的《南方日报》《文汇报》，现在也只是翻翻而已。我觉得报纸不要去跟网络拼新闻，就做做副刊，副刊多登一些读书和看碟的内容，不失为一个路子。

第三次看《西京故事》

2012 年 3 月 11 日　星期日

晚上，在国家大剧院再看秦腔现代戏《西京故事》。这是我第三次看该剧。每一次看，眼泪都止不住流，与剧中人的苦乐同悲喜。李东桥的表演令人叹服，总是想把掌声给他，希望有一天能与他合影，当面表达我对他饰演的这个角色的喜欢。

我如果生活在西安，肯定天天晚上去陕西戏曲研究院看戏。我真想结识秦腔界的朋友，想知道他们是怎么生活、怎么练功的。

"禁止拍照"也难阻大势

2012 年 3 月 13 日　星期二

媒体报道,面对网络书店推出"封面扫描系统"的咄咄逼人之举,一场声势浩大的"禁止拍照"运动正在席卷上海各大书店。

不让拍,读者也有办法,书名记下来就是。比照价格纯粹多此一举,网上的肯定比书店便宜。

我对书店未来发展不乐观。这是大势,谁也阻挡不了。

真不用购书卡了

2012 年 3 月 14 日　星期三

中午,到北京图书大厦买书,都是业务方面的。

购书卡换成新的了,在中关村图书大厦和王府井书店也可以使用。多年前,我曾想写一篇关于购书卡的散文,最后一句都想好了:请别告诉我,你只有牡丹卡、信用卡、购物卡,而没有购书卡。

如今,真不用购书卡了,上当当网直接买就是。这些年,我买新书,首选网上,书店成了点缀。

铁凝第一次见冰心

2012 年 3 月 18 日   星期日

《好德好色——吴宓的坎坷人生》终于看完。为吴宓一生的经历叹息。吴宓曾说："别与梅光迪君在美国相识，无从接受其反对陈独秀、胡适新诗、白话文学、新文化运动之主张，并不获由梅君导谒白璧德先生，受其教，读其书，明其学，传其业，则后来必无《学衡》杂志之编辑与出版。而宓一生之事业、声名、成败、苦乐，亦必大异，而不知如何。总之，一切非人为，皆天命也！"

作者史元明说："吴宓总是在关键时刻犹豫不决，到了芝麻小事上反倒主见坚定。"

我觉得，即使吴宓没有遇到梅光迪，以他的性格，到头来，还会有很多不如意和悲剧发生。比如，追求毛彦文，即使追到、成婚，也不会长久。毛彦文看到了这一点，才一直拒绝和吴宓结婚。在这一点上，毛彦文比吴宓聪明。

下午，到中关村图书大厦。也是好几年没来这个书店了。时间有限，我只是看了散文专柜，用手机记下了几本准备在网上买的书。

买书六本：温家宝总理的《政府工作报告》，《冰心文选》之佚文集和书信集，姜德明的《流水集》等。

《冰心文选》佚文集记述了铁凝第一次见冰心。那是1983年3月29日，编辑张曰凯带铁凝到冰心家。当时，铁凝二十五岁，冰心八十三岁。路上，铁凝问张曰凯："我叫她冰心阿姨好吗？我去了说些什么呀？"张曰凯说："随便你。"见面后，铁凝叫冰心老师。冰心问铁凝结婚了没有，铁凝说还没有。冰心说："这事可遇不可求。你现在出名了，可能会收到很多来信，你要谨慎。头一封信赞扬你的作品，第二封信谈人生哲学，第三封信就向你求爱了。"

冰心为铁凝题词：

> 有工夫的时候，多看些古典文学和外国小说（译本也好），这样眼界广些，词汇多些，于年轻的作者有便宜的地方。
>
> 铁凝小朋友。

冰心

三·二十九日

《我的老师沈从文》

2012年3月19日　星期一

当当网上，上午订书，中午送到。

一共七本，有汪曾祺的《我的老师沈从文》，钟叔河的《小西门集》，俞晓群的《蓬蒿人书语》，扬之水的《〈读书〉十年》，毛彦文的《往事》等。

很早就听说过沈从文一句著名的话："某月日，见一大胖女人从桥上过，心中十分难过。"只是不知道这句话出自汪曾祺《我的老师沈从文》一文。汪说，这句话，老师写在一本书的后面，他也不懂是什么意思。汪曾祺说沈从文一生特别勤奋，到了晚年，依然如此，一坐下来就是十几个小时，从来没有休息的，如果休息也是写写字。

《我的老师沈从文》一书设计得简单朴素，封面的兰花如果再让它的根部长一些，可能会更好。这是李辉主编的"名家文化小丛书"之一种，2009年10月就出版了，我是前些天才在网上搜索到。

俞晓群老师出的和书有关的书，除了在台湾的《一面追风，一面追问》，其余几本我都有。他、沈昌文、陆灏被称为"三剑客"，提到他们中的任何一位，就会想起其他两人。我在想，若干年后，说起儿童文学界买旧书的人，说起安武林兄和书有关的故事，也会捎上我吧。只是，我现在买得没他那么凶了。

发现上海《文汇报》"笔会"专版有陈子善先生的专栏"不日记"，和书和人有关。"不日记"是什么意思呢？是不一定每天都写的日记吧? 日记人人都能写,但是,要写出文采,有那么点意思,与众不同,却不是人人都可以做到的。我现在就做不到,希望将来能做到。

读书不止,买书不止

2012 年 3 月 20 日　星期二

我曾经说,我可能每天读不了一万字。这几天,上下班在地铁里读,吃完晚饭,再读一会儿,每天阅读量都在一万字以上。原来所说的读不了,是没有读书的时间。从实践看,只要时间有保证,读一万字还是绰绰有余的。

看闲书友兄的博客,和《蓬蒿人书语》同时出版的还有胡洪侠先生的《夜书房》,下次一定买回来。《蓬蒿人书语》提到的一些书,也准备买。真是读书不止,买书不止。

梦见了董桥

2012 年 3 月 21 日　星期三

梦见了香港作家董桥。

我说:"您的文笔怎么那么好? "他说:"我重视修改呀! 你看给你信中的这一句话,我就改了十多遍。"

他把修改的样子给我看。

我说："广西师大出版社出您的那套书，好多都是旧作吧？"他说，除了两本是新的，其他的都是以前的。

梦中的话，当然不能信。

为什么会梦见他呢？是看了俞晓群老师《蓬蒿人书语》中有关董桥的内容。俞老师说，他平生最喜欢的职业，就是做一个专栏作家。在这方面，他的偶像是金庸、董桥、林行止。

俞晓群老师在《谁是我们的导师？》一文中说："总结自己，在出版的意义上，我想到三个人：一是张元济先生，向他学习做人，二是王云五先生，向他学习做书，三是沈昌文先生，向他学习做事。"

张元济先生为了出版严复译的《原富》《天演论》等八部译著，不惜支付40%的版税。这样的气魄，当今谁能做到？王云五先生十四岁起开始做小学徒，一直没有停止工作，有人说他一生做了别人三辈子的事。沈昌文先生，八十岁了，还经常背一大书包，在京城走来走去，都和书有关。

终于读完《蓬蒿人书语》。俞晓群老师的文章很扎实，言之有物，充满感情，每一篇读后都多少有收获，文笔也好。我觉得好文章就应该这样。

买到了商务印书馆出的《张元济全集》日记卷两册，胡洪侠的《夜书房》等，又是在当当网。

萧金鉴先生走了

2012 年 3 月 22 日　星期四

晚上,看阿滢先生的博客,才知道萧金鉴先生今天下午在长沙去世。难过!有人在网上说他早就病重,我也不知道。

萧先生退休后,主持《书人》杂志,我在同事那里看到后,向他索要,他很快寄来。他的杂志还刊过我的习作《在中国书店买书》,后被范用先生主编的《买书琐记》(续)收录。我把他介绍给施亮老师,施老师也在他的刊物上发过不少文章。去年,我们恢复联系,他寄来刊物,又约我写稿,稿子还没写出来,他就不在了。手机里还有他的号,真想给他发一句:萧老师,请一路走好。

到苏州

2012 年 3 月 23 日　星期五

收陕西戏曲研究院李军先生寄来的该院《优秀精品剧目集锦》。里面的一些戏,我小时候在广播里听过无数次,眉户《梁秋燕》,我妈妈也很喜欢。

高铁晚点,到苏州已是晚上 9 点多。在车上读完俞晓群老师的《前辈》和《这一代的书香》。给他发短信,表达我对他文章的喜欢。

《全国优秀作文选》杂志王芳接的我。姚老师知道我到后，主动到我房间看我，其实，我应该看望他的。

在城边书吧找到周晨，他和他们社长，还有李玉祥在，喝了一会儿茶，然后四人一起回到饭店。他给我看改后的《喜欢书》封面。我说我还没吃饭。我们两个又到外面吃饭。送他走，已经夜里12点了。

和学生对话

2012 年 3 月 24 日　　星期六

早上在饭店大厅见到曹文轩老师。我说："曹老师，昨天来得太晚，没能去看您，抱歉。"他说没事。他问我最近写什么东西？我说，把以前的旧作整理一下。他说，拢一拢，打个包，像武林那样。这句话，他说了两次。我知道他说的是武林兄在天天出版社出的"金蜘蛛诗意童心"系列，只是，我再拢，也没他那么多。

《全国优秀作文选》的编辑吴文昊就在大厅，我却没看见。去年也是，在一个桌子上，我问："吴文昊在哪里呢？"

这次利用双休日来苏州，是参加江苏教育出版社《全国优秀作文选》杂志主办的第十三届"雨花杯"全国中小学生作文大赛颁奖会。

颁奖的地点在苏州十中，这是一所有高贵血统的学校（曹文轩老师语），蔡元培、章太炎、于右任、胡适、陶行知、竺可桢、钱三强、费孝通、何泽慧等大家的名字都与这所学校联系在一起。因为学校的建筑和布局体现了中国的传统文化，这所学校也被称为"最中国的学校"。现任校长是柳袁照先生，他是作家、诗人，新出的一本散文集叫《在这个园子里，遇见你》，他在致辞中也把学校称为园子。

　　上半段是颁奖，下半段是对话。江苏省作协主席范小青因为身体不适，讲了开场白，听了曹文轩老师的致辞后，离开了。坐在台上的还有江苏两位女作家鲁敏、赵翼如，我以老作者、老读者的身份，坐在边上。主持人是杂志主编姚卫伟老师。大家都踊跃向曹老师提问，我是学生，也会这样。

　　晚上到南京，弟弟从学校过来，晚上我们聊天到很晚。

到南京的书店

2012 年 3 月 25 日　星期日

　　上午 8 点多出发，和弟弟步行到南大，去万象书坊，再到先锋书店、南京国际图书城，回到住的地方，已经下午 1 点多了。

没有在别的书店买书，只在先锋书店买了一些打折的书。最难得的是《张竞生文集》，我找了好多年，终于拥有。海南出版社20世纪90年代的"人人袖珍文库"也不错，主编是钟叔河先生。我买了《曾国藩教子书》以及蒋廷黻的《中国近代史》。

下午，弟弟把我送到高铁站。他一直看我上到二楼，我也向他挥手，直到看不到他为止。那一刻，我想到的是，兄弟如手足。

车上看完《中国近代史》，真是相见恨晚。历史原来是那个样子呀。

《曾国藩教子书》有如下的话："凡富贵功名，皆有命定，半由人力，半由天事；惟学作圣贤，全由自己做主，不与天命相干涉。"

蒋廷黻《中国近代史》

2012年3月26日　星期一

我以为蒋廷黻的《中国近代史》不再印了，当当网上一搜索，上海古籍社最近又出了一个版本，作为"百年经典学术丛刊"之一种，精装，很漂亮。沈渭滨先生导读，他介

绍蒋——曾任国民党政府行政院政务处处长、驻苏联大使、驻联合国常任代表,但至死都不愿加入国民党。蒋的书不到一百页,沈的导读六十多页。

好的书评

2012 年 3 月 30 日　星期五

曾子说:"吾日三省吾身:为人谋而不忠乎?"我经常会问自己,我是怎么对朋友的?对于朋友托付的事,还是应该尽心竭力去做,至于能不能做成,那是另一回事,只要你努力了。昨天、前天,和中华书局罗明钢先生联系,请他介绍瑞古印厂的人,他虽然也不认识,但是,从中牵线,特别认真,给我要到了电话,让我感动,而我和他只有一面之交。

我在想,朋友如果不能在关键时候互相帮助、互相提醒,还能叫朋友吗?

看过很多书评,叶兆言的是我喜欢的,比如《看书:叶兆言的品书笔记》,随意,似乎写到哪里是哪里,篇幅都不长,千字左右,让你看完不得不回味,惋惜是不是短了点,可是正因为短,才体现它的价值。我不知道书里的文章,当初是否为报纸专栏而写,总之,轻松、明快、无拘无束。我说过,好的书评,就是让你看完后去找作者所评的书,叶兆言的书评或者书话做到了,不是一篇两篇做到,是篇篇都做到。

叶兆言说为什么当作家容易

2012 年 3 月 31 日　星期六

因为清明节调休,今天和明天继续上班。

下班后,等到马弟,一起去杨红樱老师家,带了好多书,请她签名。她回赠了两套书,以及三本《笑猫日记》。

我不羡慕她优越的生活以及宽敞的住房。我羡慕她写了那么多书,受到小读者的喜欢。我达不到她那样的程度,但至少要做到,单位里有人说起我,知道我是一个儿童文学作家。学校里也有不少读者。

把签过名的书又放到办公室,回到家已是晚上 11 点多了。

前些天看蒋建国副署长在民主生活会上的发言,他说为了总结自己的得失,重拾起多年没写的日记。的确,日记是总结自己得失的好方法。我每天的日记可以分为两个部分,前面是写自己的生活,后面写和书有关、适于公开的内容。

江苏教育出版社编辑俞婷 3 月 30 日发来邮件:"不管怎样,还是期待你的新作,也期待看到你拿着新书,坐在孩子们中间的温暖场景。"

我也是这么想的。

收海豚社眉睫快递来的《忆》一书，俞平伯文，丰子恺图。这是海豚版的"中国儿童文学经典怀旧系列"之一种，蒋风主编。这一本是精装，别的也应该是吧。书印成精装，确实看上去更像书。

叶兆言说："作家在今天正变得很糟糕，我忍不住会悲哀地想，现在当作家容易，是因为许多优秀的人才，并没有从事写作专业，他们把自己的精力，投身到别的事情上去了。"这句话出自《看书》，他评论《野兽之美》一书作者文笔之好，发了如上感慨。

给人送对书是比较难的

2012 年 4 月 1 日　星期日

今天继续上班。

给南京大学社科处处长王月清老师发短信，他打来电话，聊得比较投入。我上大学的时候，他在《南大报》工作，我给他投过稿。前些天在南大网站上看到他出席一个会，后来问方延明老师要到了他的电话。

朋友送书五册，分别是《民国老课本》三册，《追风筝的人》《遇见未知的自己》。这些都是我喜欢的。其实给人送书、推荐书是比较难的,要让别人感兴趣,你得熟悉他(她)喜欢看哪一类书。

《追风筝的人》我有一本,有了这本,我的那本可以送人了。

晚上,在家看秦腔《西京故事》DVD。

不足之处,中午休息的时候,不应该听秦腔,可以先把办公桌的桌面收拾一下。

胡锦涛:我也是中华书局忠实读者

2012 年 4 月 5 日　星期四

收《中国当代儿童文学精品库》样书。我有三篇文章入选,一篇作为故事,两篇作为小说。当初,为写文后的写作感想,我拖了很久,宗介华老师催了多次才寄出。今天看,该表达的意思表达了,不是太差。我的很多文章都是被逼出来的。

宗老师的序言很特别,也很大气。

要说入选了"精品库"就成了"精品",我想绝大多数作者都不会这么认为,这只是一个书名而已。

看 3 月 28 日《中华读书报》,有一则新闻是报道胡锦涛总书记信贺中华书局一百周年的。编辑做的标题是"胡锦涛:我也是中华书局忠实读者"。《中华读书报》的这则新闻也是从 3 月 22 日新华社通稿摘编的，但是，把通稿中最亮的一句话提出来作为标题，就显得与众不同。通稿原话是："胡锦涛表示，我也是中华书局的一名忠实读者。中华书局出版的许多书籍，都给了我有益的熏陶和深刻启迪。"

程玮老师说财富

2012 年 4 月 6 日　星期五

　　收江苏少年儿童出版社寄来的程玮老师的两书《芝麻开门的秘密》和《镜子里的小姑娘》，属"周末与爱丽丝聊天"丛书，前三种去年已寄过给我，当时信封的右下角也写着"周益民请托"五个字。这套书的编辑之一是郁敬湘老师，我估计这一次也是益民老师请她寄的。1997 年初，我就和郁老师认识，她当时正在编辑曹文轩老师的《草房子》，只是这些年联系不多。

　　程玮老师在后记中写道："世界上的财富很有限。而财富的分配很不公平，财富分配的过程也很残酷。有的人运气好，含着银勺子出生，他轻而易举就成了一个富有的人。有的人运气不好，出生在穷人的家庭。贫困就像一个巨大的阴影紧紧追随着他，他奋斗了一生一世都无法摆脱。只有极少数聪明的、幸运的人，能够通过自己的奋斗,从贫穷的世界,进入到富有。"

程玮老师还说:"我们应该尽量让自己远离贫穷的那个世界。如果一个人始终在为着五斗米折腰,那他就永远不可能挺直腰板,用平等、平和的目光观察周围的一切,也很少有丰富美丽的想象力和创造力。我们每个人从小学一年级起,每天上学,做功课,辛辛苦苦地经历各种考试,目的就是想让自己成人以后远离贫穷,做一个能够主宰自己生活的人。"

这套书的版心特别小,放大一点也许会好很多,不用那么多纸,定价也可以降不少。

又买了四个书柜

2012 年 4 月 8 日　星期日

昨天上午,在宜家订购的四个书柜送到。整理书到晚上 9 点,才出去吃饭。

今天继续在家整理书。工程量比预想的要大很多,一直到晚上 12 点,还是没有干完。特别是清理出来的杂志,没处放,又临时堆在了卫生间。淘汰了一批书,准备近期送人。

还是喜欢冷冰川的黑白画

2012年4月9日　星期一

中国出版集团为庆祝成立十周年，评出了首批"编辑名家"，登在4月6日出版的《中国图书商报》，共有十六人，包括孙绳武、牛汉、屠岸、傅璇琮、黄鸿森、沈鹏、沈昌文等。同时评出"十佳编辑""十佳营销""十佳管理工作者"和"十佳党群工作者"，其中，有我知道和熟悉的。方法对头，踏实肯干，比别人付出很多，就会比别人收获很多，历来如此。

收续小强兄寄来的《名作欣赏》杂志。这一期别册是冷冰川的作品，他在探索和创新，而我却看不懂，都不知道是用什么做的。我还是喜欢他之前的那些黑白画。

陈原：迎接信息时代的挑战

2012年4月10日　星期二

陈原真不愧为有远见的出版家。我看到1999年第2期《书与人》杂志刊登他的文章《迎接信息时代的挑战》，其中讲到了几个问题，如：电子出版物能完全代替印刷出版物吗？他说，暂时对这个问题的答案可能是否定的，两者可能共同存在一个时期,或者有某些种类的出版物会永远存在下去。还有一个问题,多卷本工具书是否将首先让位给电子出版物? 陈原认为答案是肯定的。电子版本在多卷本工具书领域比之印刷版本有很多优越性,例如十分方便的交叉检索,不但有图像,而且有声音,这些都是传统印刷物所不具备而难与抗衡的。

那天,在地铁里看到旁边一个女孩拿着电子书,大小跟书一样,颜色也好看,我真是喜欢,也想买一部。

有《读书》三十年的光盘,我的那些《读书》杂志,除了少量的几本,也没有全部保存的必要了。

《世界著名作家访谈录》

2012 年 4 月 11 日　星期三

《世界著名作家访谈录》居然是叶兆言在江苏文艺出版社工作时选编的。一位译者见书中收了他的译文,没有标明出处,写信给出版社领导,讽刺编者,说一定是懂得多国语言的高人,因为书中收入的作家,既有讲英文、法文、德文、俄文的,还有讲西班牙语、

阿拉伯语的。

叶兆言说，这是一部强盗版的书。根据今天的《著作权法》，想编这样一本书很难，这本书想重印也不可能。《世界著名作家访谈录》，1991 年出版，定价五元六角。

我买过至少两本吧，看见一本在我的电脑对面，其他的不知道放哪里了。

《新闻文选》
2012 年 4 月 12 日　星期四

晚上，青岛出版社李茗茗老师请安兄和我吃饭。他们社的魏晓曦也来了。我和魏是第一次见，她在黑龙江《小学生阅读指南》杂志的时候，编过我的稿子，还写过评论。大约是十年前的事了。早知道她来，应该送她一本书。

安兄送书两本，一本是毛尖的《乱来》，一本是《新闻文选》。《新闻文选》节选了 1941 年到 1958 年新华社针对时局所发的部分消息和评论，可以当作历史书读。毛尖的名字在杂志上经常看到，读她的文字不多，写这样的文章，真要有激情。

警惕急躁、浮躁、暴躁

2012 年 4 月 13 日　星期五

《报刊文摘》有一篇文章——《警惕急躁、浮躁、暴躁》。文章说，眼下，在我们的身边经常看到这些现象：不愿意排队——去超市买东西，左顾右盼总想找一个最短的队，有时候竟不惜丢面子加塞；看到别的队列行进得快一些，就后悔自己没有选好队；等不了红灯——十字路口遇到红灯，不愿耐心等待，而是猛抢快行；开车时，总觉得前面的车太慢，一有机会就变道超车。文章还举了离不开手机、受不起委屈、沉不下身子、惦记着位子的例子。

看到别人急，你也急，常常会自乱阵脚。明智的办法，按你的速度前进，慢一点又何妨。

《坡嗲》

2012 年 4 月 21 日　星期六

清理书房地上的报纸和杂志，让每个柜门都能自由打开。

周至中学陈校长来，晚上，在京的几个校友请他吃饭。我提了大小五个袋子的书，都分给他们。二月河的《乾隆皇帝》给了陈校长，还有几本书，给了王老师。我说:"如果太重,你们在北京看完后就丢了吧。"他们说要带回去。《乾隆皇帝》是2000年别人送我的,我一直没有时间看,此次清理出来,正好送人。

刘元林兄赠送他的新书《坡嗲》。我原来以为坡嗲是我们县侯家村乡的一个村子,我很小的时候,那个村子有我们家的亲戚,我们老说坡嗲坡嗲。原来周至话把坡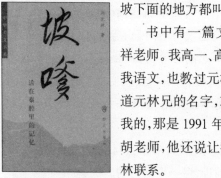坡下面的地方都叫坡嗲。

书中有一篇文章写到了胡国祥老师。我高一、高二时,胡老师教我语文,也教过元林兄一年。我知道元林兄的名字,就是胡老师告诉我的,那是1991年。2003年,我见胡老师,他还说让我一定要和刘元林联系。

陈忠实:"获奖"是不可期盼的

2012年4月23日　星期一

给《中国图书商报》原记者吴妍发短信:"你现在还好吗?什么时候复出?真想看到你的文字。"她回复:"一个字都不写啦,对写字的兴趣目前看来彻底消失,都转移到别处了。"

我想，吴妍肯定找到了比写字更有意思的事，要不她不会说这话。我如果不写字，还能干什么呢？

　　4月20日出版的《文艺报》头版刊登李晓晨采访作家陈忠实的访谈——《无论小说还是电影，人物与时代都是血肉相连的》。

　　关于作品中的方言、作家改行当编剧以及同名电影《白鹿原》未能获金熊大奖，陈忠实说：

　　"我在写小说时对使用方言有自己的把握尺度，一直坚持要让其他地方的读者能从字面上把握词句70%的意义，否则我不会使用。电影在方言的使用上走得更远，但他们也听从我的建议删掉了许多粗话和特别生僻的用法。

　　"对那些本身具备编剧天赋和才能的作家，当编剧是件好事，但不是每个作家都能当编剧，像我，即便写一集给我100万，我也写不出来。我不赞同在写小说时老惦记着改编成剧本，这违背了文学创作的规律。

　　"每年诺贝尔文学奖公布时，获奖者本人都很惊讶，所以我觉得'获奖'是不可期盼的，希望越强烈反而越容易失望。我们就踏实搞自己的艺术创作，获奖固然好，获不了也没啥遗憾的，眼睛总盯着奖杯是很难受的。"

　　下午5点多，朋友宋方金发来短信："卫卫，刚在书店站着看完了《陶辛题（男）的故事》。好玩，幽默。见微知著。亲切的文字。祝春安。"

我知道这是方金对我的鼓励。想起他，就想起他的那首诗《我有三个姐姐》。祝方金和她们都好。

当年在报社战斗的岁月

2012 年 4 月 25 日　星期三

收王琪寄来的《延河》下半月刊，祝贺他成为该刊副主编。

收卢鑫邮件，她 2007 年曾在我们报社实习。她在另一部门，但是，和总编室同在一个办公室。她个子很高，喜欢笑，好像是一个没长大的孩子，我经常开她和他们主任的玩笑。她毕业后，回到了山东，我们再也没有联系。她在邮件里说："我很喜欢简单、单纯的工作氛围，就像您带领下的总编室一样，在把活儿干好的前提下，轻松、自由、活泼。"她的这几句话，又把我带到了当年战斗的岁月。

《孙晓云书小楷老子〈道德经〉》

2012 年 4 月 28 日　星期六

下午，收江苏美术出版社王林军师弟寄来的《孙晓

云书小楷老子《道德经》。打开
是一幅长卷，蔚为壮观。如果能
同时做一个小开本，印成精装，
同时附上今文和注释，可能会
更好。那样，可以带在身边，既
学习了《道德经》，也欣赏了书
法艺术。也可出中英文对照本，
再加书法。我是瞎想，但确实可

一试。我手头就有中华书局出版的中英文对照《论语》。

我很喜欢孙晓云老师的书法作品。林军师弟是有心
人，上次孙老师的《书法有法》出版后，他就请孙老师在
上面签名，这次又是。

吴浩然先生的名片

2012 年 5 月 2 日　　星期三

五一节后第一天上班。

当当网上买的书送到，有《咬文嚼字》2011 年合订本，
有易中天的《费城风云：美国宪法的诞生和我们的反思》
(插图增订版)，还有叶兆言的《看书》，是准备送给武林
兄的。

收浙江桐乡吴浩然兄寄来他编著的《老上海女子风

情画》以及研究、宣传丰子恺的刊物《杨柳风》。他的名片很有意思，小孩在墙上写字，吴浩然的名字就出来了。我问浩然兄孩子和狗的画是丰子恺先生的吗，他说原画是丰先生的，他加工过。浩然兄因为喜欢丰子恺先生而定居桐乡，丰先生在天有灵，一定会很感动。

感动朋友的认真

2012 年 5 月 7 日　星期一

把《喜欢书》和《爱读书》的 PDF 版贴到一个专用信箱里，请一些老师和好朋友点评一二或写推荐语。大多数都回复说没有问题。令我感动的是安徽的满平兄，他下载后看不了，原来他没有用过 PDF 软件，下载、安装，到夜里 12 点才看到书稿。西安的张梦婕近夜里 11 点发来正在写的评论，请我提意见，当她得知我的书稿还有一半时，她说，天呐，她要赶紧看。我让她休息一下，她说："我写东西感性，必须一口气写完，否则就废了。"也不知道她写到几点。我感动他们对朋友事情的认真，我也很抱歉，抱歉让他们熬夜。

我也要这样对待朋友。这样才会有越来越多的朋友，友谊才会长久。

谢谢徐鲁老师

2012 年 5 月 12 日　星期六

南京大学周欣展老师发来短信,他说我博客上登的南大北园的那张照片,树是香樟树,每年 4 月换叶,应为暮春时节的景致。他还说,香樟是常绿乔木,秋冬不落叶,三四月份生新叶后会落一些老叶,这种换叶方式很特别。

周老师不说,我是不知道的。上学时,天天从旁边走过,也是视而不见。

徐鲁老师发来为《喜欢书》写的推介的话。请人写这样的文字,我是矛盾的,想请人说好话,说称赞的话,为了让书好卖。但是,好话说出来,我往往受之有愧,所以,我很少主动请人写书评。如果我要人家写,那肯定是很忐忑、很不好意思去说的。

谢谢徐鲁老师。

想见作家迟子建

2012 年 5 月 16 日　星期三

中午到哈尔滨,下午开会。

晚上吃杀猪菜。回到住的地方,徐志伟已经在宾馆等我一会儿了。1996 年从南京大学分手后，这是我们第一次见面。他已经是哈尔滨师范大学副教授了，带有研究生。他还是那么幽默，虽然话不多。

5 月，哈尔滨还这么冷。

我是第一次到黑龙江这个省，哈尔滨这个城市，我还想见一个人，她就是作家迟子建。

不知道什么时候才能见到她？

《童媒突围》

2012 年 5 月 21 日　星期一

收《陕西戏曲艺术》2012 年第 2 期，这应该是陕西戏曲研究院李军主任寄给我的。上面刊登的很多消息，我先前在戏曲研究院网站看过。我佩服他们对秦腔艺术的

追求，秦人不能没有秦腔。我也赞赏现任陕西省委书记赵乐际对秦腔工作的关心。领导重视，很多工作就比较容易推动。

收袁滨兄寄来的《旱码头》杂志，还有自牧兄的一幅书法作品。

《小学生拼音报》总编辑张梅霞赠送她新出的《童媒突围》上、下两

册。她题字签名："做自己喜欢的事,做好自己必须做的事,卫卫小弟存念。"生活中有很多自己喜欢的事,也有不少自己必须做的事,都要做好。

没有道理的好

2012 年 5 月 23 日　星期三

收李颖慧寄给我的三本书,两本为余秋雨早期的学术著作。他们社把余秋雨的书又重新包装,做成"余秋雨书系",包括《文化苦旅》《千年一叹》等,共十九本。作为一个写作者,要写就写好,出版后可以多次印刷,即使换不同的出版社。

晚上,朋友聚会。

王焱是北方昆曲剧院编剧,她的《爱无疆》5 月 30 日至 31 日将在梅兰芳大剧院上演。她说昆曲好,是没有道理的好,就是好,这个好如果任她说下去,可能几天几夜都不停。我敬佩这样的人,她爱她的工作,忠于她的事业,所以,才会取得成绩。如果一个人,不爱他的单位,不爱他的工作,甚至每天都厌恶,那不如早早辞掉,另做别的事。实际情况是,很多人,辞了这个工作,不好再找别的工作,所以,就将就着,自己不愉快,单位也得不到大的发展。

新版《耕堂劫后十种》

2012 年 6 月 6 日　星期三

孙犁的新版《耕堂劫后十种》终于可以在网上买了。买来后，才知道是人民文学出版社出的。我觉得还是山东画报出版社的那套装帧设计更好。孙犁的图书，如果搞一个全国的装帧设计大赛，山东画报社那套，应该是名列前茅的，即使过去十多年，即使两套书是同一装帧设计者。

海豚出版社李宏生在网上买了我的《喜欢书》和安兄的《爱读书》，让我们感动。

下班后，尚兄送来一批毛边本，我一看，都不合格。我给他建议，要么找工厂重新做，要么回炉做成成品。

"崔永元"错成了"崔永远"

2012 年 6 月 11 日　星期一

整个下午都很郁闷，因为报社的同事在我的《喜欢书》中发现了一个差错，"崔永元"错成了"崔永远"。

我首先检讨是我原稿出了差错。可是，经过那么多人的眼睛，我也看了不止一遍，却没有看出来，我是很痛心的。

除了向读者道歉，向崔永元道歉（他不一定能看到），说什么也没有用了。

对于自己写的东西，还是要在第一时间把住关。当初写博客的时候就错了。

我多么希望能出一本没有一处差错的书呀！我知道这很难，但我会为此不懈努力。

宛芸说："上帝要留些遗憾的，凡事不能完美。"

有一定道理，但是，还是要追求完美。

大学之魂

2012 年 6 月 12 日　　星期二

收校友朱晓华寄来的《大学之魂：南京大学精神传统文存》，主编：洪银兴、陈骏，执行主编：王月清、朱晓华。

一个学校，一个企业，乃至一个家庭，都多多少少有精神传统。我们所说的这个大学和那个大学的学生不一样，就是浸染和继承的传统不一样。不是有意要做到什么样，有时候不知不觉就成了什么样。所谓的一方水土养一方人也是这个道理。

我在南大生活、学习了四年，南大也给我打上了深深的精神印记。我以我是南大的学生为荣。

　　收徐志伟兄的《告别革命之后：后新时期文学场域观察》，广西师范大学出版社 2011 年 11 月出版。志伟曾是文学少年、文学青年，也走过弯路，但是，他意识到后，迅速转轨，从诗人成为学者。这样的书，我是写不出来的。所以，我也不能够站到讲台，我要在那里说话，顶多二十分钟就没词了。

袁滨兄的广告语

2012 年 6 月 14 日　　星期四

　　妞妞发来为《喜欢书》写的书评。

　　方金发来短信："卫卫，从当当订的你的书已送到。下午看了一遍。静水流深。这是一本很有意义的书，这样的书你可三年左右出一本。喜欢《喜欢书》。"

　　我要给方金送书，他拒绝了，他说一定要买。

　　袁滨兄的广告语："卫卫兄是儒雅之人，一脸阳光，满腔真诚，爱书成癖，读书上瘾。本卷即是书虫告白，也是悦读心旅，更是书迷知音。喜欢书，不可放弃这一个！"

禁不住让人热血沸腾

2012 年 6 月 16 日　星期六

下午,看电视直播"神九"航天员出征仪式。《歌唱祖国》的音乐一响起,禁不住让人热血沸腾,想起了放这首歌的无数个重大历史时刻。希望我们国家都好,航天好,城市好,农村好,老百姓好,小学生好。

晚上,见吴浩然、眉睫、于晓明、安兄等人。浩然兄从浙江桐乡来,答应将来送我一幅有丰子恺风格的画。我和安兄建议眉睫专门研究现代文学,眉睫说先要生活。多年前,我和他通过邮件,今天是第一次见,对他印象很好。晓明兄谈起日记滔滔不绝。他说有人为了日记里天天有书,如果某天没有,特意去书店买一本,然后写进日记。如是真的,这就有些过了。

有一个爱好,就尽情地爱吧,但不要影响生活和家人。

我和安兄在一起,像说相声。我开他玩笑,他笑得更开心了。

今天对我来说,也是一个新日子的开始。

心满意足出这样的书

2012 年 6 月 18 日　星期一

收河南刘学文兄寄来的《世界文学》杂志 1982 年第

6期。因为里面有马尔克斯的《百年孤独》节选，我曾在《喜欢书》一书中提到这本杂志，并想有一天淘到。前些天，学文兄在QQ里和我聊起，说他有一本愿意送我。之前，我们都在一个读书群里，但从来没有说过话，他是看了我的书后和我打招呼并赠书给我。我很感激。

收生达兄与人合著的《中华经典精粹解读·资治通鉴》。他做过语文老师，出这样的书，应该是轻车熟路。

《中国图书商报》和《社科新书目》对《喜欢书》和《爱读书》的报道出来了。我在回答《商报》记者郑杨的问题时，特意感谢了我们书的总策划尚振山先生。原文如下：

> 我们（指我和安兄）都出了不少儿童文学方面的书，但是，能出一本和书有关的书，一直是我们的愿望。这两本书原打算自费印刷，赠送给圈内的朋友和爱书人，后来，北京麒麟传媒·尚书房的总经理尚振山先生得到消息后，表示他愿意策划出版，我们就将稿子给了他。他是一个认真的人，请一流的图书装帧设计师设计，又找高质量的印刷厂，可以说，我们的书在装帧、印刷方面都很好。用作家、书评人徐鲁先生的话说："一生能印几册让自己舒心的书，也就可满足了，尤其对爱书人来说。"所以，我们都很心满意足出这样的书。

三个作者第一次聚齐

2012 年 6 月 21 日　星期四

晚上，尚兄带着马国兴等人到我单位附近，安兄也被邀请过来。尚兄策划的小精装系列，除了我和安兄的，还有马国兴的《我曾经侍弄过一家书店》，三个作者第一次聚齐。

安兄送书三本。他说："我现在都不敢给你送书了，给喜欢书的人送书很难，不知道喜欢什么。"他送的《我们走过的路》（为纪念《中国青年报》创刊三十周年特别出版，1981 年 2 月报社内部编印），我就很喜欢。

送安兄多本《孙卫卫儿童文学名篇赏析》，他说可以作为发给学生的奖品。

吾日三省吾身

2012 年 6 月 27 日　星期三

当当网上买的书送到。《卢作孚箴言录》里的很多话让人印象深刻。民国，出了那么多伟大的人物，我们对不少人依然很陌生。

当当网搞活动，一些书，两百元减一百元，只是不知道商家还有多少利润。出版是微利呀。

广东今年再次"雪藏"高考状元，首次不第一时间向文理科前十名考生公布分数和排序。今天的《南方日报》登了几名尖子生的学习体会。华师附中高三(1)班李越同学的经验是："晚自习用来归纳全天学习内容"。其实每个人每天都应该把自己做过的事认真总结一下，真正像《论语》说的，吾日三省吾身。

简平老师赠书

2012 年 6 月 28 日　星期四

收上海简平老师寄来的小说《星星湾》和《男生贾里新传》电影光盘。这部片子，2009 年六一儿童节全国公开上映，我在北京电影院看过。简平老师是制片人，影片后获华表奖少儿优秀影片。网上说，扮演贾里的王成阳已经是中戏学生了，学导演。电影里柳老师的扮演者陈辰是东方卫视主持人，我喜欢她演的这个老师。

《少的力量》

2012 年 7 月 1 日　星期日

全天整理旧报纸，又淘汰不少。

读了《少的力量》一书，我的生活习惯还是多少有改

变的，就是影响中心工作的事，尽量不去做。正如书中写道："当你在某个时间段处理某个任务时，别让其他事情分散你的注意力。关掉邮箱，可以的话，干脆连网也别上；不接电话，可以的话，甚至连手机也关闭。"

边收拾东西，边听《歌声飘过三十年》，更老的歌，让我想起了我的儿时，想起了我和弟弟小时候的事情。

我小时候做过很多傻事，我恨我自己。

我的老家已改为镇了

2012 年 7 月 5 日　星期四

收家乡的报纸，看"创先争优"表彰名单，才知道我老家所在的乡已经改为镇了。我小的时候，经常随大人

到离我们家最近的哑柏镇赶集,每次我都会在镇上的新华书店或者那些个体书店买书。我们从来没有想过我们乡有一天也会改为镇,因为我们和哑柏镇差得很远。我不知道改镇后有没有逢农历二、五、八或者三、六、九的集。即使有,估计人也不会很多,因为现在距离县城很方便,到西安也不像那个时候那么难了。

看天津台的一个娱乐节目,赵忠祥还在主持,明显已经老了。我和马弟都感慨当年饶颖那个事件对他影响很大。是呀,名声对公众人物太重要了。

收夏春锦寄来的《悦读散记》毛边本。哈哈,看书,还是普通本好,毛边本要一页页裁,让人着急。

回忆骑着自行车买《北京晨报》

2012 年 7 月 8 日　星期日

下午,到邮局寄书。那个营业员嫌我们寄的书太多,说是超过十件就属于大宗,要到大的邮局寄。马弟说那我们寄九件。营业员说:"你怎么能这样说话? 要互相理解。"我说我为了减轻你们的工作量,本来想挂号都不挂号了。她说那就没问题。原来她是担心挂号花时间。

邮局是国有的,国有的难免有大锅饭思想,就是怕麻烦。

买《北京晨报》，本来想给他们的《人文悦读》周刊投稿，一看，没有电子信箱，再看别的版，都未留电子信箱，这样的报纸真是少见。《北京晨报》1998 年 7 月创办，曾经领风气之先，也曾经是北京最有影响的早报。2000 年，我关注家乡的陕西国力队的比赛，那时候网络不发达，收音机的体育节目也不一定播国力的比赛结果，我唯一了解的途径，就是第二天一早骑车上街买《北京晨报》。买回来，边吃早餐边看报纸。

比切的话真好！"书是个好伙伴。它满腹经纶，却不喋喋不休。"只是不知道他(她)更多的信息。

吴非的书必买

2012 年 7 月 9 日　星期一

当当网上买的书送到。

有的作者只要一出新书，我必买。王栋生老师(笔名吴非)就是一位。怎么才能写好作文? 请看《王栋生作文教学笔记》(江苏教育出版社)。哈哈，这有点像广告语。

1996 年印刷、吕叔湘先生编著的《笔记文选读》当当网还有卖。原价六元，打完折四元一角。

中国最早的藏书票

2012 年 7 月 11 日　星期三

收马国兴兄寄来的《小小说选刊》增刊毛边本。

刘司长赠两副扑克,分别是鲁迅照片和藏书票。有一张印有"关祖章藏书"的,据说是中国最早的藏书票,大约出自 1914 年,是台湾藏书票收藏家吴兴文发现并收藏的。刘司长说他特别喜欢这张藏书票。我以前见过,没有在意。

拜访彭国梁先生

2012 年 7 月 13 日　星期五

来北京整整十四年了。还记得 1998 年 7 月 13 日的那个下午,我背一个大大的旅行包到单位报到的情景。报完到,去广安门火车站取从南京托运过来的书,还有一辆自行车,车锁被人卸了,铃铛也没了,我是骑回单位的,带着我的那些书。

十四年了,我有一点进步,但进步不大。有很多不足,至今仍没有改正。我希望能尽快改过来。十四年,一些事应该做得更好,可我荒废了。

收周立民先生寄来的《点滴》2012 年第 1、2 期,巴金故居和巴金研究会主办，执行主编是周立民。周先生的名字久仰，我还有他编的和著的几本书，这个杂志也是很早就听说过，办得好，印得也好。如果谁能领衔编一本研究孙犁的刊物，响应者一定不少吧。

晚上，和安兄一起见彭国梁老师。他比我想象得要矮一些，看他文字，特别是照片，以为他是斗士，原来是一个特别温和的人。我们说话的时候，他微笑着听。他说话的时候，也不紧不慢。他说很多人所说的藏书的数字都比实际少，意思是一个书房其实装不了多少书。我们遗憾去长沙不能参观他的书房，他说网上可以搜到拍他书房的电视片。他的《书虫日记》(三、四)将由上海辞书出版社出版。期待，期待。

于晓明兄赠书四册，有《川上集》(日记选)、《我或者我们》(诗集)、《舍得集》(自牧著)、《下一代的竞争力》。如果有机会出书话集，就出和《舍得集》一样开本的，小小的，真好！

《现代汉语词典》又出新版

2012 年 7 月 16 日　星期一

《现代汉语词典》又出第 6 版，感觉第 5 版刚刚出版。网上一查，2008 年出的，并不久远。我在报社做编辑的时候,曾经有读者来信建议,《现代汉语词典》在推新版本的同时,应该考虑出一个补编本。不需要买新版的,可以买补编本,对社会来说,节约了资源,对读者来说,省了一笔费用。但是,出版社不一定乐意去做,所以,这个补编本,呼吁了多少年,还是没能出来。

以前,《现代汉语词典》每出新版,我必买,这次不了,旧版够用,新版所收的新词,知道不知道,无所谓。

收王琪寄来的《陕西青年诗选》和《陕西青年散文选》(陕西青年文学协会编辑)。老实说,王琪当初约稿的时候,我并没想到能顺利出版,现在看,是我多虑。陕西青年文学协会成立后,做了很多有意义的事。几年前,我的好朋友刘峰领衔创办陕西接触文学沙龙,也是想把陕西青年作者团结起来,因为各种原因,没有持续多长时间。相信陕西青年文学协会会做得更好,有更大的作为。

《新闻联播》"走基层·寻找最美乡村教师",今天报道的是湖南凤凰的乡村老师吴志显。十年来,他为贫困学生落实了五百万元的资助,没有受到社会的任何质疑。有一个画面:孩子们高兴地领取社会各界捐给他们的图书,一个很瘦小的女孩一时没拿到,哭了,赶紧分发给她,她好像又乐起来。

什么时候,我给他们捐书,亲手交给他们,看他们的笑脸。

朱永新书中写到马弟

2012 年 7 月 18 日　星期三

朱永新新书《教育的解放》中
《成都来信与湖北来人》一文有一段
是写马弟的。他称她是经常见面的
老朋友，采访的话题是关于宪法教
育。"从宪法聊到大学教育，聊到她
们'80 后'的生活。一个小时，不知不
觉就过去了。我开玩笑问记者，是你
采访我，还是我采访你？我们都笑
了。"

马弟给我讲过他的故事，对他印象很好。

北京大雨

2012 年 7 月 21 日　星期六

中午，出去寄信、吃饭。雨越下越大，回来时，桥下积
了很深的水，交警指挥从别处绕行。

要乘下午的火车去长沙，参加小学生拼音报社举办
的笔会。想着这么大的雨，肯定不好打车，留心家附近的

出租车，两辆车都说坏了。估计是雨大，他们不愿意走。奇怪，今天也看不到黑车。后来，通过马弟的同事联系到一辆车，答应送我们到西客站。

同去长沙的还有安兄和张菱儿，我担心他们赶不上火车，打电话、发短信提醒，还好，都按时到了。他们的车晚开一小时。

我们和他们不是一趟车。他们没有买到卧铺。听安兄说车上也没补到。

我们对面上、下铺的是湖南株洲的一对年轻夫妻。女的说北京的出租车服务特别差，男的说要多理解他们。

看《新京报·评论周刊》，吴非老师的《老师的份饭多少钱？》是必须要读的。

好久没有看星期六出版的《新京报·书评周刊》了。

到长沙

2012 年 7 月 22 日　星期日

长沙真热呀！一下火车，虽是早上，仍感觉热浪滚滚。

看电视新闻，才知道北京昨天的雨很大，一直持续到夜里，且有伤亡。陆续收到妹妹以及其他朋友发来的问候短信。我说一切安好，请放心。

湘子兄来宾馆看望我们。送他《喜欢书》一册，另有一册请他转交给我做过编辑的刘汝兰女士。我和湘子兄是多年的老朋友了。虽然见面不多、联系很少，但是，彼此都牵挂着对方，为对方取得的成绩感到高兴。很多大事，也互相征求意见，他是我值得信赖的兄长。

下午，湘子兄和谢乐军老师请我们到外面喝茶。与谢老师大约有十年没有见面了，十年前是什么样，今天依然。他现在主持《爱你》杂志，喜欢上微博，我在送他的书上签名，被他拍下来发到微博上。

晚上，到湖南卫视见汤集安兄。当年的那些文学少年中，他是发展得很不错的。

"兆福体"

2012 年 7 月 23 日　星期一

儿童阅读推广论坛是小学生拼音报社这次笔会的重要内容。上午，每个与会者都发了言。下午，几个同志重点发言，我撤到后排，以听为主。

见到了 2010 年在运城见到的朋友，如山东的郭健老师、北京的魏虹，还见到了在博客上偶有联系的龚房芳。沈习武，照片常见，真人第一次见，我们两个多次在同一期《少年文学报》发过文章，他很能讲故事。谭哲原来就是无尘呀。在博客上和她有过交流，从来没问过她的真名。

王兆福社长用打油诗作会议总结，主持会议的李秀燕称之为"兆福体"。"兆福体"赢得了阵阵掌声。

晚上，湖南少儿出版社请吃饭。双英说，那个约稿没有问题吧。我说，信守承诺，要写要写。

晚饭后到红歌汇唱歌，也是笔会的联欢会。安兄跳舞的动作很好玩，我学他，他不好意思再跳下去。他是超级麦霸，谁的歌他都想跟着唱，都敢唱，无奈跑调厉害，我多次捂住耳朵。有两首歌，我唱了二十多年，他和我一起唱，我也找不着调了。

想到沈从文墓地看看

2012 年 7 月 24 日　星期二

去凤凰古城。

在车上，李秀燕和李华说我这次表现很好，2010 年在运城太腼腆了。

我什么时候才能彻底不腼腆呢？

我渴望在沈从文故居多停留一下，甚至希望能到他的墓地看看，但是，必须随团，在故居停了几分钟就被迫要跟着大部队走。墓地好像还很远，且不是这次要游览的景点。有机会，可以在凤凰多住几天，但不要在旅游旺季去，否则，你会被撞上或者撞上别人，就比如这一次，到处都是人，不是看景，是看人、躲人。

晚上，住在凤凰县政府招待所。我们从车上搬行李的时候，有一辆军车在出口处不停地按喇叭，好多人都围了过去。原来是军车司机不想交十元钱的停车费，被收费的人拦住，于是他不住地鸣笛，以示抗议。大家纷纷指责那个司机，我也说了他几句。我最看不上这样的人。军人要做表率，我确实看到有的军人的素质特别差，让人生气。

安兄的抹胸装

2012 年 7 月 25 日　星期三

下午到张家界。1999 年 9 月全国书市来过一次，故地重游，有的景点记得，大部分还是忘了。

在黄石寨，同来的，一半坐缆车，一半爬山。没走几步，老安就后悔，说太累了。他说在车上睡得正香的时候，有人推他醒来，然后双手被高高举起。举手的是不准备坐缆车的人，他原本是想坐的。

举他手的是我，这一路，我导演了很多场戏，老安都是主角。他愁眉苦脸之时，我总是鼓励他说没事没事。

他块头大，背着自己不太轻盈的笔记本电脑以及女同志的水，气喘吁吁总想歇。大汗淋漓，后来索性脱了上衣。在"擎天一柱"那里照相，光着身子肯定不雅，他就把汗衫挂在胸前，像穿着抹胸的衣服。我开始对"抹胸"一词不懂，后来看百度百科，它是这么解释的：抹胸是夏天内搭服饰的重要单品，既可以给你带来安全与舒适感，又能令你散发迷人女人味。

老安穿的确实是抹胸。

如果没有时间限制，慢慢爬一爬山还是很好的。为了按时到达指定位置，这一路就顾着爬山了，几乎没看什么风景。

让人非我弱

2012 年 7 月 26 日　星期四

游览武陵源。

在天子山观景阁的最高层，买书法作品一幅。作者刘政群，系中国书法家协会会员，湖南常德人，长期在山西工作，每年有几个月时间在湖南写字。他说冬天南方太冷，还得回山西。我喜欢他写的行楷。我买的这一幅是"让人非我弱，得志莫离群"，也算是自勉吧。

不少人站在袁家界的连心桥上拍照，底下是万丈深渊,桥又在不停晃动,我的腿也在发抖,马弟吓得哭了,安兄说:"不哭不哭,我给你买雪糕。"

百龙观光电梯,我那年去的时候还没有。是很方便,但是破坏了整个景区,我不喜欢。

我是汤姐首席亲戚

2012 年 7 月 27 日　星期五

中午,回到长沙。

下午,去汤素兰汤姐家。他们家种有葡萄,我和老安做摘葡萄的样子,拍了不少照片。他们家有很多植物,且每一株不重复。我跟汤姐开玩笑:"这么好的家,得有保安呀,我和老安给你当保安吧。"说完,我们敬礼。

1999 年 12 月,汤姐还在湖南少儿社工作,我去出版社找她,一是拜访她,二是代梅子涵老师问她要《拉拉与我》的书。她送我《笨狼的故事》《时间之箭》和《长满书的大树》。那时候,我给她打电话一定是怯生生的。那时候,她就是我现在这个年龄。

晚饭后,送汤姐《喜欢书》。汤姐请同去的人在书的扉页签名,以示纪念。汤姐多次说我是她在北京的亲戚,今天又说。我说是首席亲戚。哈哈。

岳麓书院的学规

2012 年 7 月 28 日　星期六

伦敦奥运会开幕。2008、2004、2000、1996……对我来说,过去的每一届都历历在目。

看了开幕式的几个片段,我觉得并不比北京差,我们也强调以人为本,但是,伦敦做得更好。有网友开玩笑,解释罗格四年前称赞北京奥运会的那四个字"无与伦比",意思是,不能跟伦敦比。

比我们强的,我们虚心学习就是。学习人类一切优秀和先进文化成果,而不是去挑刺。

上午,湘子兄带我们去岳麓书院。

他建议从自卑亭看起。自卑亭位于书院前两百多米,穿过树荫到达书院正门。自卑亭取自《中庸》中的"君子之道,譬如远行,必自迩;譬如登高,必自卑"。大意是说求取君子之道的办法,好比走远路那样,必须从近处开始;好比登高山那样,必须从低处开始。

岳麓书院的学规也让人印象深刻,摘录如下:

一、时常省问父母;二、朔望恭谒圣贤;三、气习各矫偏处;四、举止整齐严肃;五、服食宜从俭素;六、外事毫不可干;七、行坐必依齿序;八、痛戒讦短毁长;九、损友必须拒绝;十、不可

闲谈废时;十一、日讲经书三起;十二、日看纲
目数项;十三、通晓时务物理;十四、参读古文
诗赋;十五、读书必须过笔;十六、会课按刻早
完;十七、夜读仍戒晏起;十八、疑误定要力争。

如果这十八条都能做到做好,肯定是一个好学生,
古代是,现在也是。

张姐送我新书包

2012 年 7 月 30 日   星期一

一上班,张姐洪霞提着阿迪达斯的纸口袋进来,从
里面掏出一个书包,她说:"卫卫送给你的。"

我一惊。前一段时间我在网上浏览要买书包,被她
记住了。她说这是她让她爱人从家里找的,她爱人知道
要给我,说找个好一点的。

接过来,真轻呀!放几本书进去,也不显得重。我之
前的那个书包就很轻。2007 年春节时马弟在西安买的,
一直陪伴着我,可惜后来坏了。

张姐让我不用再买了,省点钱买书吧。她最近在看
我的《喜欢书》,看到了安武林同志也经常说这句话。

我到网上搜索,才知道 Travelhouse 是法国的一个
牌子。

这一天我都轻拿轻放,拉链也不舍得拉开。很轻的书包,在我心里很重,因为是张姐送的。

儿童文学和教育紧密相连

2012 年 8 月 2 日　　星期四

收吴法源先生寄来的三本书,分别是《走在孩子的后面》《第 56 号教室的故事》《写给孩子们的幸福书》。他两次寄书过来,都手书一短信,让人倍感亲切。

儿童文学和教育紧密相连,努力的方向其实是一致的,希望通过书本,让孩子们明理,更好地成长。目标也是相同的,培养和造就优秀的人。

买今年第 29 期《三联生活周刊》。这一期是三联书店八十年的专题,可以慢慢阅读。

再别两位儿童文学大家

2012 年 8 月 3 日　　星期五

收江苏王春南先生快递的两册书法作品。我曾在《在中国书店买书》一文中写到他,他通过博客和我联系。

看樊发稼老师的博客,惊悉北京师范大学浦漫汀教授 7 月 30 日不幸病故，享年八十四岁。我知道原来在北京少儿社工作的徐莉萍老师是浦教授的学生。我最后一次见浦教授应该是 2004 年北师大成立中国儿童文学研究中心的会上。只是一直和她交流不多，远远地看着她。

从樊老师的博客上，还看到《中国校园文学》原主编黄世衡先生去世的消息。那本杂志，一创刊我就订阅，好多文章至今仍记得。

马弟的诗让沫沫流泪

2012 年 8 月 6 日　星期一

李主任的女儿沫沫来单位。我们已经打过招呼了，她看到我的《喜欢书》后，还是到我们屋要见见我。我送她一本《中学生时间管理宝典》，我说，你已经是大学生了，看看还是很有好处。

她特别文静，说话声音很小，我说："你在学校也这样吗？"她说不这样，因为和我们不熟悉，说这话，也是轻轻地。

马弟的诗，让沫沫流泪了。

可能是这几句吧：小时候，爸爸是挂着围裙的另一个"妈妈"／少年时，爸爸是给我梳小辫的另一个"妈妈"／天已经从暗到明，可你再也睁不开眼睛。

久违的"请勿折"

2012 年 8 月 13 日　星期一

收小学生拼音报社寄来的湖南笔会的照片。信封正面写有"内有照片请勿折"这几个字，真是久违了。这些年，信很少写了，照片也几乎不再寄，要用也是通过电子邮件，连冲洗照片的机会都不多。从前寄照片，信封上经常要写"请勿折"的字样，收到照片，如见本人，现在可以视频聊天，即使飞到美国，仿佛就在身边。

收祁智老师寄来的《老家西来》和《剥开教育的责任》等书。《老家西来》是他去年出版的一本散文集，我前些天发短信，希望他赠我一本，说要学着写散文。祁老师寄我的同时，也让我转交武林兄一本。很多人知道我和武林兄爱书，给他寄书，惦记着我，给我寄书，也有他的份儿。

词典没必要老变

2012 年 8 月 14 日　星期二

宛芸在 QQ 里说，《现代汉语词典》第 6 版把很多首选词又颠倒过来，如"执著"又变为"执着"，"得意扬扬"为"得意洋洋"的首选，等等。

感谢有心人把这些变化总结和整理出来。

我觉得一个词，只要是对的，无所谓首选不首选。变来变去，苦了那些编辑，特别是幼儿报刊和教辅报刊的编辑，他们绝对服从《现代汉语词典》，因为正确与否以此为准，要么会被视为差错。

我一直把《现代汉语词典》作为我无声的老师，推崇它，感激它。但是，今天一提《现代汉语词典》，我真想骂人。第5版用了没几年，又出新版，一本厚重的词典，出版频率有必要这么快吗？出新版也可以，为什么不编一个补编本？这一切都是因为钱。

网上报道，演员李婷于8月13日因病去世，终年四十三岁。我对她印象深刻的是《英雄无悔》中扮演的舒月，这部电视剧当时风靡全国，他们说剧中的舒月像我的一个初中同学。四十三岁，真是太年轻了。

我书架上的书也会越来越少

2012年8月16日　星期四

重读第广龙兄的散文集《摇晃》，他在自序中有一句："我多么幸福，自己还不知道！"

这话好像也是在说我。我有时候就不知道自己正在沐浴的幸福。惜福，首先得知道自己的幸福。比我大不了几岁的人，有的已经故去，和他们比，我真是太幸福了。我要抓紧时间做一些有意义的事情。

今天的《文汇报》报道上海书展。莫言、王安忆、刘震云、毕飞宇等四位茅盾文学奖得主8月15日下午做客"书香中国阅读论坛"。莫言说他书架上的书越来越少，前几年开始给书架做减法，现在架上只有一百多本书，有童年时读过的中国古典小说，还有成长过程中始终奉为经典的鲁迅和托尔斯泰的作品等。

我书架上的书也会越来越少。

老书是儿时的记忆

2012 年 8 月 19 日　星期日

前些天，回复深圳胡洪侠老师的短信，说我有他的书话和散文集《给自己的心吃糖》，这本书 2003 年由河北教育出版社出版，算是我藏的他的比较老的书。下午整理书，才发现我还有他 1998 年出版的《老插图新看法》，这应该是胡洪侠老师的第一本书，我买了，却不知道，也想不起来是在哪里买的。

上午，弟弟打来电话，问我老家的书以及信件怎处理，我说信件都留着，书就看着办吧。晚上，我问他处理得怎么样了，他说拉了四大袋子，挑了一些杂志，但更多的没拿。他可能听我语气有点哀伤，挂下电话又打过来，说准备这两天再挑挑去。我当然很高兴，我说："那就辛苦你了，那些书都是儿时的记忆，能多挑就多挑一些吧。"

"温瑞安来了！秘密不要放在书房里！"

2012 年 8 月 20 日　星期一

　　收陕西任静寄来的《枕着你的名字入眠》一书。这是她的散文和诗歌合集，里面有不少文章是怀念他的爱人的。他的爱人肖栋，上中学时，曾和我通过信，但是一直没有见过面。

　　书中还有一篇文章是写陕西教育报刊社《当代中学生》前主编贺才旺老师的。我上高中时，贺老师在杂志上发过我的文章和介绍我的文章，不知道他现在可好。工作后，有一年春节，我想去看他，给他打电话，他说别来了，太麻烦，电话里问候一下就行。我也就没有去。

　　读《青年记者》2012 年第 22 期文章《说一说日记的事》，作者是韬奋新闻奖获得者储瑞耕先生。

　　储先生说："近些年，个别腐败官员乌七八糟的日记被曝光，弄得日记这个文本形式有些灰头土脸，这真可谓'城门失火，殃及池鱼'，累及无辜了。日记是一种文字形式和工具，它像菜刀一样，本是用来切菜的，可一小撮坏人却用去杀人。我们不能因此而定菜刀为凶器。"

他总结日记有以下几个好处：一、记事备忘；二、成熟思想；三、促进修养；四、鞭策人生；五、锻炼文笔；六、推动工作；七、促进人的心理健康。

晚上，继续整理书房的书。自从为《喜欢书》扫描图片没有及时把书归位，书房就彻底乱了，想看的书找不到，大致的分类也被破坏了。

随手翻 2004 年 6 月出版的《书人》，卷首语是温瑞安的《书迷》。文章写道："凡到朋友家去，不论晚宴筵席，我逢书房便钻，朋友流行这样一句：'温瑞安来了！秘密不要放在书房里！'书房不放秘密有什么要紧！放书就可以了。一间留不住我的书房，可不见得是件光彩的事哩！"

说老实话，我最怕这样爱书如命的人到我的书房。他们一进书房，像狼一样，眼睛放绿光。

弟弟帮我整理老家杂志

2012 年 8 月 23 日　星期四

今天是七夕，想起小时候的七夕之夜在葡萄架下听牛郎织女说悄悄话，似乎真的听到了。那时候，天上的银河是那么清澈，河里的水好像要倾泻下来。

收张华福先生寄来的《日记》两册和一本虚白先生《游泰山五日记》复印本。对我来说，随手寄来的《抚顺日报》更有价值，因为上面有读书版。我可以给他们发书讯。

有的人有才，但是，际遇不佳，一生也难上一个层次。我是才气和水平不够，但是，机遇比一般人好一些，所以，我更应该珍惜所拥有的一切。

弟弟发来邮件，说老家的很多书也不舍得扔，现在留下的主要是《青少年日记》《中学生》《大学生》，还有一些生活杂志。《中学生文萃》有我文章的留下了，没有的准备不要了。《少年文艺》《儿童文学》《作文》《全国中学优秀作文选》等带过来了。

过年回家，我再整理一下，大部分是应该淘汰的。

一生做两件事就可以了

2012 年 8 月 25 日　星期六

晚上，整理要给少军的稿子。如果不上网，不看电视，是可以干很多事的。

其实，人一生做两件事就可以了：一是确立好目标；

二是扎扎实实照目标去做，不达目的誓不罢休。这其中，良好的习惯最重要。没有好的习惯，走着走着就有可能坚持不下去。我也经常跟比我小的人说，人的一生最重要的是养成良好的习惯。

我有一些不好的习惯，要改。

李瑞环忆读书

2012 年 8 月 29 日　星期三

张姐送书。书，都是中国人民大学出版社出版的，有《马克思传》《毛泽东传》《领袖》《我与中国》，还有李瑞环的《务实求理》等，装了满满一袋子。

《务实求理》一出版，我就想买一套，太贵，一直没舍得。张姐送我的这套还是精装本。作者把 2002 年 11 月 22 日在政协第九届全国委员会常务委员会举行的第十九次会议上的讲话作为书的序言，其中有一段是说他从小喜欢读书的。摘录如下：

我很小就喜欢书，到处找书看，亲戚、邻居

的书,我总能想方设法借来看。记得有一年春节,我才十几岁,母亲叫我担两捆榅子去城里卖,然后买几根油条回家包饺子过年。我在街上看到一个老头儿在卖一套书,书的名字叫《巧合奇缘》。我一问价钱不贵,就用卖榅子的钱买了这套书,很高兴地回家了。到家之后,母亲问我油条在哪里,我说钱买书了,母亲非常生气,说过年没有油条,怎么包饺子。她拿起笤帚就打,我光着脚往外跑。腊月三十晚上,屋子外面很冷,我有个当家大嫂把我叫到她家,用被子给我暖脚。夜里,母亲还是把我找回去了,她拉着我的手,掉着眼泪说,妈妈知道你喜欢书,喜欢书是好事,可是咱们家哪有钱给你买书呀?

李瑞环说他小的时候,吃粮分五等:一等是白面,二等是亚麦,三等是玉米,四等是高粱(高粱又以白高粱为好,红高粱次之),五等是粮食(主要是玉米和高粱)加麸皮或糠。他们家经常吃的是第五等。他有个二大娘,老两口没有孩子,日子过得比他们家强一点,时不时给他些玉米饼子或高粱饼子,放在火盆上烤烤吃。李瑞环对她非常感激,参加工作后,每年都要给她一些钱,直到老太太去世。

李瑞环说:"13年工作当中,我发表了一些讲话、文章。我的这些文章、讲话,不管好坏对错,都留在那里,都留给历史,表扬也好,批评也罢,都由不得我自己。但有一点我感到欣慰,我的所有讲话、文章,都是从工作出发的,都是经过自己认真思考的,都是本人亲自动手的。"

2003年全国"两会",我采访政协新闻出版界委员,他们都舍不得李瑞环离开政协岗位。李瑞环说:"我这一生为学习吃的苦实在太多,我确实很累,需要休息,需要轻轻松松地读一点自己想读的书。这是我长久以来的愿望。"

收海豚出版社编辑眉睫寄来的刘绪源老师的新书《儿童文学思辨录》。刘老师出书不多,但是一本是一本,本本厚实。封面题字,我也很喜欢,百度搜索,章祖安是书法家。

《英华沉浮录》

2012年8月30日　星期四

在当当网买书。有百花文艺出版社新近出版的《耕堂劫后十种》,有海豚出版社的《英华沉浮录》。

《耕堂劫后十种》为小精装,装帧、印刷都很好,定价也不高。如《耕堂读书记》上、下两册,只要三十八元,比

2008年大象出版社出的同名书便宜多了，那两本要一百二十五元。《耕堂劫后十种》没有标明之一、之二，不知是编者疏漏，还是故意这样，让读者想读哪本就读哪本。

1999年，辽宁教育出版社出版了董桥的"语文小品录"十本，"出版说明"说这套书在香港出版时叫《英华沉浮录》。我将当年的版本和这次对照，"语文小品录"之一《浏览这样的中英文》在《英华沉浮录》(四)呈现。"语文小品录"之十《博览一夜书》的内容被《英华沉浮录》(六)收集。如果是这样，《英华沉浮录》(一、二、三)应该是"语文小品录"所没有的。

"英华沉浮录"这几个字，不知道是谁的手笔，和刘绪源老师那本书的封面题字比较，我更喜欢那一本。

看《文艺报》，才知道剧作家李龙云先生已于8月6日去世，他是南大中文系毕业的研究生，南大戏剧学专业的人以他为荣。我看过他写于是之的书。2006年，吕效平老师带领南大学生来京参加大学生戏剧节，公演《〈人民公敌〉事件》，他好像也在场，作为南大毕业的学生，以示祝贺和支持。他只有六十四岁，太可惜了。

另类的"追星族"

2012 年 8 月 31 日　星期五

看今年第 2 期《旱码头》，匆匆翻后，罗文华先生和朱晓剑先生的两篇文章给人印象深刻。

罗文华说，扬之水的专著大部分人看不懂，还是有人愿意去买，"只是因为某某书评家说了扬之水的著作应该读，就觉得自己如果不买便脸上无光"。

扬的著作我也买过，也是读不下去。以后，我会买她类似《〈读书〉十年》的书，对她的学术著作会敬而远之，因为我的兴趣没在那个点上。

朱晓剑先生的《读书的态度》，开头引用罗文华的话，说当今读书的状况："不藏好书，不好好读书，不做学问。看看报刊和博客，各地很多'爱书人'、'藏书家'这实际上都不过是签名本、毛边本的追求者，是另类的'追星族'。"

送给你，你也没地方搁

2012 年 9 月 3 日　星期一

看《文汇报》2012 年上海市教书育人楷模李碧云和张育青的介绍。李碧云是小学高级教师，她说教师的责任和使命是教书育人，不仅是传授知识，更是培育德才兼备的人才。张育青有机会留在美国发展，但还是回到国内，且坚守农村教育一线。不是没有回到城市、回到好学校的机会，但她一次次放弃了。

想起昨天在《当代教育家》杂志看到的卷首语《谁是教育家》，文章引用北京市十一学校校长李希贵的话："教育家就在我们身边，就在平凡的课堂上"。李校长回忆自己的小学老师："这位乡村老师像对待自己的孩子那样对待我们。听到我们的琅琅书声，他开心地笑；我们犯了错误，他焦虑失眠；春天来了，他和我们一起野外踏青；下大雨了，他把路远的同学带回家里吃饭……他不但深爱学生，而且教育教学艺术高超，改变了无数农村孩子的命运。我想，这样的乡村教师，就是真正的教育家。"

李碧云和张育青老师应该是当之无愧的教育家。

中午，习主任问我一年大概能买多少钱的书，我说这个还真没统计过，估计不少。他说他现在也闹书灾，两面墙的书柜已经放满了，准备近期处理一批。我说，买书、藏书都要适可而止。好书不少，且源源不断在出，不可能都被我们搬回家，钱先不说，送给你，你也没地方搁。他举一个朋友的例子，说自己看过的书，就流动下去，像漂流瓶一样。

8月31日出版的《南方日报》刊登林子怀念徐怀谦

先生的文章《谦谦君子常怀忆》，其中有几个感人的地方，说徐说话轻轻地，笑容淡淡的，从不抢话头，不爱坐主位，而且非常有君子风度。记得有一次吃饭时，林子的座位没有搬离桌子，他一边倾听旁边的朋友说话，一边不言不语地利索地帮林子把笨重的座椅搬开。乘坐电梯时，他会悄悄摁开电梯，示意女士先入先出，等等。

终于在《南方日报》看到了李贺的名字，名字前还有四个字：值班主任。十多年前，我给《南方日报》写"书情"的专栏，她是责任编辑。

还让学生自带桌椅

2012年9月4日　星期二

《南方日报》刊登开学第一天的照片。有一张是说佛山一所学校的孩子们吃过午饭，将小书桌和小椅子拼起来午休。昨天，网上报道，湖北一个地方，桌椅不够，让学生自带。这些，我小时候都干过。只是过了这么多年，依然如此，让人心酸。

晚上，江苏教育出版社姚卫伟老师从北戴河打来电话，他说在北戴河遇到文心出版社一个编辑，这个编辑说我平易近人。我笑了，我说本来就是普通人嘛。

姚老师说的那个编辑是文心出版社《小学生作文选

刊》的编辑王莹。这本杂志，我上小学的时候买过。

写好每天的日记，对自己也是督促。

又有人问我要《喜欢书》，我拒绝了。我说存书有限，可以给他寄一本《十五岁的喜欢》。

多写多投，多挣稿费

2012 年 9 月 5 日　星期三

开始把自己近期发在报纸上的文章剪贴起来，以后要有及时整理的好习惯，否则，时间一长，就很难找了。

投出去一篇篇稿子，然后等啊等，一直等着发出来，有时是突然发出来，编辑并没有提前告知，这样的感觉真好，仿佛回到了中学、大学时代，那时候投稿都是这样。

多写多投，多挣稿费，多买好书，多写好书，这也是好习惯。

刘绪源说黄裳

2012 年 9 月 7 日　星期五

看到 9 月 6 日出版的《文汇报》，上面有黄裳去世的新闻报道。刘绪源先生总结黄裳，说话不多，看书真多，表面木讷，内心灵敏，文采斐然，功力深厚。

我从书柜找到了三本黄裳的书，分别是1997年北京出版社的《黄裳书话》，1999年古吴轩出版社的《小楼春雨》，2005年江苏文艺出版社的《白门秋柳》，可能还有，但都没看几篇。还有一本是上海书店出版社的《爱黄裳》，塑料包装还没拆开。看来，读谁，喜欢谁，也是缘分。

晚上，参加文学评论家李美皆女士召集的聚会。坐我右手边的也是南大毕业的，名叫成诤，现在美国。我上大四的时候，她刚入校。她说中午见到了儿童文学作家安武林，问我认识吗。我笑了，说我们两个再熟悉不过。这时，李美皆说我最近出了一本《喜欢书》特别漂亮，我顺手给成诤拿了一本，说："你翻翻，就知道我和老安的关系了。"另一本送给了紧挨成诤的传记文学研究专家李健健老师。

聚会结束，文学评论家李建军老师说："你的书也不送我一本？"我摇摇头说，我写得不好。他说，谦虚。非要我送，我就给了他一本。他让我签名，推辞不掉，只好写了敬请李老师赐教的话。还有一本给了杂文作家杨庆春先生。

这是我和李建军老师第二次见面，上一次是在中国作家协会的新春联谊会上。

为了这次聚会，下午5点30分出发，回到家将近12点。在北京，和人吃个饭，真不容易。

用董的话批董

2012 年 9 月 11 日　星期二

晚上，和安兄一起见来京出差的《陕西日报》记者李向红。安兄赠我旧书多本，有网格本的莱蒙托夫《诗选》和《泰戈尔诗选》，有谈瀛洲的《诗意的微醺》，还有"七星文丛"中的两本。

谈瀛洲有一篇文章，是谈董桥散文的。他总体对董的散文评价不高。他引用董的话批董，"不外是青楼上的姑娘，亲热一下也就完了，明天再看就不是那么回事了"。给谈著写序的陆谷孙教授说："初读谈文吃惊不小，同时觉得他攻其一点，失之偏颇；议人之短，诋物太过。"他还说，沈昌文、陆灏更是对谈文愠怒不已。

凡事摆到桌面，畅畅快快各述自家观点的，都可以理解，也很好。只是不知道谈先生现在对董的文章还是当年的那个评价吗？《诗意的微醺》出版于 1999 年。

安兄特别刻苦，他在地铁口等我，每次我都看他拿着书在看，真正是惜时如金、手不释卷。

《行知天涯：卫留成海南言论录》

2012 年 9 月 14 日　星期五

中午，到唐拉雅秀酒店前台取回了海南日报社钟社长送给我的书，《欧洲文艺复兴史》一套十二卷本，另有一册《行知天涯：卫留成海南言论录》。看新闻报道，他是参加这个会的。卫书的后记，感谢钟社长给他贡献了这个名字。

网上查看《海南日报》对此书新闻发布会的报道：钟业昌认为，卫留成在海南工作八年，在有形的物质建设方面，给海南留下让世人刮目相看的良好发展局面；在无形的精神建设方面，留下了宝贵的治省理政的智慧、经验、方法。这本书飘扬的是墨香，闪耀的却是思想的光芒。

2005年白岩松采访卫留成时曾问过三个问题："在任期间您希望保卫的是什么？留下的是什么？成就的是什么？"发布会上，白岩松说出了自己的观察，认为卫留成"保卫了农家孩子的底色，留下了隐性政绩的思路思考，成功挤掉了（自己的）泡沫，把自己还原成活生生、被人尊敬的人"。

我翻看了一些内容，觉得此人很务实。

谢谢家乡的报纸

2012 年 9 月 19 日　星期三

在当当网买书。有《周作人论儿童文学》、《中国史纲》(张荫麟撰)、《寻找属于自己的句子》(陈忠实)、《关系之镜:两性的真爱》等。

有一个 QQ 群,里面有许多少儿出版社的编辑,他们经常交流感想,分享信息。对他们来说,做书就是他们每天的工作。我是一个儿童文学写作者,也应该把写作视为自己的职业之一,不断产生新作品。

家乡的《金周至》报居然发了广州段慧群女士为《十五岁的喜欢》写的书评,我是第一次看到这篇文章,不知道她是怎么和编辑联系的。《金周至》报有我认识的老师和朋友,他们发表之前,居然也没透露给我这个信息,算是一个惊喜吧。谢谢慧群,谢谢家乡的报纸。

答应给藏族学生送书

2012 年 9 月 26 日　星期三

上午,从临夏去甘南。甘肃有两个民族自治州,一个是临夏回族自治州,一个是甘南藏族自治州,这次,我们都有幸到达。

我们住在夏河县城,这里海拔两千八百多米。来之前,陪同的人说,有的人会有一点高原反应。我没觉得和在其他地方有什么两样,只觉得天格外蓝,云朵很低。他们告诫,高原反应,千万别想,一想,就真来了。看来,心理作用真是太重要了。

著名的拉卜楞寺就在夏河县，街上有不少僧侣，有的就是小孩，我好奇地看他们。对他们来说，这样的眼神太习以为常。七八月，来这里旅游的人更多，看拉卜楞寺，到牧场骑马。

夏河因境内的大夏河而得名，也有"小西藏"之称。面积八千多平方公里，人口八万多，属于典型的地广人稀，其中藏族人口约占 78%。接待我们的有不少藏族同胞，他们真是能歌善舞，我向他们请教了不少问题，他们都耐心回答。我对当地的领导说，以前，在南京、在西安，见到的藏族人，他们和汉族人几乎没有交集，没想到今天，感觉到藏汉关系其乐融融。

晚上 10 点多，街上已经很冷清了，我走了大约半个小时，除了卖烟酒的小商店，好像只有一家 KTV 在营业。

在县委家属院门口，我看见一个藏族中学生靠着墙在看书。我问他为什么不进屋里，他说怕晚上犯困。他明年要高考，正在复习政治。他叫拉郎杰，我把他的名字存在了手机里，希望他明年在考场有好的发挥。我答应送他一本高考状元谈学习方法的书。

这个季节，在甘南，得穿薄一点的毛衣，当地人说，每年 10 月 1 日起就开始供暖了。

西安整理旧书有感

2012 年 10 月 4 日　星期四

一、我居然早就买过山东画报出版社出版的孙犁作品的小开本，我买的这两本是《远道集》和《尺泽集》，是在西安的家中发现的。买于西安还是北京，已经没有一点印象了。

二、1980 年 11 月出版的《高尔基论写作技巧》，估计是在西安的旧书摊上买的，这样的书摊已越来越少，而我每次回家都匆匆忙忙，也没有整块时间去看。那时候都是带着我弟弟，我买，他付钱，他是抢着要付钱，只好由他。谁让我们是亲兄弟呢？

三、《小记者报》是《少年月刊》杂志主办的一份刊物，也是作为"学生写作与小记者培训函授中心"的教材。第 9 期《编者的话》写道："同学们，只要大家方向正确，坚持不懈地努力下去，就一定能取得优异成绩。其中许多人会成为著名作家、记者、编辑或其他人才。"我没有参加他们的函授，因为是《少年月刊》的刊外发行员，所以，每期《小记者报》都能看到。我能走上记者之路，与这本杂志有很大的关系，特别是时任《中国青年报》记者张文彦的《我的记者梦》对我影响很大，文中写到的一些故事，现在依然记得。

当时的函授费好像只要十元，最多不超过二十元。

我不知道举办这个函授是谁的创意，通过这个活动，确实培养了一大批学生对文学、对记者工作的兴趣，应该是功德无量的事。我留存的杂志不全，手头这期责任编辑是石晓初、齐文华、冯天海、孙皇凯、杨同轩。谢谢他们。

宝鸡中学的贾晶梅也是被编者视为有前途的小作者之一，还有西安市六中的田歌，澄城县善化药店的成梅等。多年后，我们办文学社，还邀请贾晶梅参加，后来她考上了宝鸡师范学院，就再也没有联系。一直未见其人，都是书信往来。

四、我有一个剪贴本，大多是从《陕西广播电视报》剪的明星照片。那时候，我喜欢的明星有巩俐、胡慧中、张艾嘉、陶慧敏、杭天琪、傅艺伟、朱琳等，男明星只有李雪健。

五、《黄土地文苑》是陕西人民广播电台的一档文学节目，每星期五晚上 10 点播出，每次半小时。有一个栏目是陕西作家剪影，先后播过贾平凹、肖云儒、莫伸、孙豹隐、闻频、陈长吟、蹇国政、徐岳等作家和诗人，责任编辑是冯福宽，海茵、魏逸宁都朗诵过。1994 年离开西安后，这个节目就听不到了。

六、找到了《李沙铃散文选》，陕西师范大学出版社1989 年 7 月出版。散文居然可以这样写，值得学习。

七、《美文》1993 年第 7 期的首篇是王安忆的《黄土的儿子》，怀念路遥和邹志安。路遥去世时，不到四十三岁,邹志安也只活了四十六岁。我当年给邹写信,他居然回复了,那会儿我还是一初中生。

八、上海《少年文艺》1989 年 11 期刊登了第二届"新芽"写作函授班"新芽奖"揭晓的消息,排在第一名的是江苏作者殷健灵,这一期还发表了她的《我的同学们》和《习作者谈习作》。

九、终于找到了最早刊登张之路老师《暗号》的《儿童文学》杂志,这是 1992 年第 9 期。我是利用中午休息时间去县上二曲书店买的,回来路上,街上有一个小坑,我飞奔的自行车不小心掉在里面,我被甩出去很远。我以为出了车祸,书也散落在地上,还好,只是膝盖蹭了点皮。

去青岛

2012 年 10 月 6 日　星期六

在首都机场,送 1997 年第 12 期《儿童文学》杂志给武林兄。这一期是第一届全国儿童文学青年作家讲习班学员作品专辑。安兄有两篇作品入选,分别是小说和童话。他说小说连他自己都忘记了。

这一次,我们和张之路老师去青岛出版集团参加一个活动。大约七八年前,我就和张老师、武林兄约定,我们三个一起到远一点的地方走走,这个愿望终于实现了。

我最怕别人介绍我"著名"

2012 年 10 月 7 日　星期日

上午是座谈会,主办方介绍我的时候,也说我是著名儿童文学作家。我最怕别人说我是"著名"什么什么,我也怕他们说我的作品多么多么好,我会脸红,很不自在。那么高的评价我真的不配,还是名副其实好。

晚上,和武林兄在张老师房间聊到夜里 12 点。张老师回忆了他刚开始写儿童文学的人和事,那时候他也就三十岁出头吧。

让书流动起来,我要做好表率

2012 年 10 月 8 日　星期一

吃完早饭,安兄送我到一楼大堂,等候去机场。他翻看了我书包里的书,说孙犁读古书的文章很难读,我说我也有同感,是硬着头皮读。我们还谈到了孙犁的小说,觉得他后来写的一些并不像小说。

他看到了登载《暗号》的那期《儿童文学》杂志,问能不能给他。我说我要保存。但是,到机场,我又觉得还是给他好,他既然提出来了。我给他发短信,说什么时候带给他。我常说,让书流动起来。我要做好表率。

徐沪回忆南勇被带走过程

2012 年 10 月 12 日　　星期五

　　下午，参加"扫黄打非"督查的汇报会，得书四本。其中一本是公安部治安局原副局长徐沪写的，书名是《扑向风雨——我在公安部工作期间指挥侦办过的重特大案事件》，回顾了他在公安部工作期间指挥侦办过的重特大案事件。其中，写到了侦办中国足球"打假扫赌"系列案件中抓南勇的过程——2010年 1 月 15 日，徐沪约南勇到办公室。晚 8 点，南勇准时到达，徐沪和一位副处长接待了他，寒暄几句后，谈话切入正题。徐沪说："根据足球'打假扫赌'系列案件侦查工作的需要，经国家体育总局领导同意，决定对你依法采取强制措施，到沈阳专案组协助调查。"南勇听后一怔，低下了头，沉默了几分钟后，抬起头对徐说，他早有思想准备，知道早晚会有这么一天，早来比晚来好，早来早解脱。徐让他与家人、司机通了电话，然后向其宣读了刑事拘留决定书，南勇签字后，随后被带往沈阳。

　　徐沪和南勇早就认识，关系也比较好。但是，在法律面前，人情就得退后。徐沪对南勇说的那些话，也是代表组织讲的。

这本书写到的其他几个大案，都值得一看。

三种身份合为"爱书人"

2012 年 10 月 25 日　星期四

收北京特价文史哲书店补寄的《欲读书结》（王蒙著）一书。前些天通过孔夫子旧书网买书，货款两清，几天后，该书店老板通知我，还差我一本书，我都忘了是哪本书，收到书，才知道是这本。

收中国作协李东华李姐寄来她新出的两书《远方的矢车菊》和《初夏的橙色时光》，还有高洪波副主席赠送的四本书，分别是《儿童文学作家论稿》《青春在眼童心热：高洪波文学评论、随笔集》《司马台的砖》和《林萃诗草》。后一本是旧体诗集，线装本。我喜欢那些赠送给朋友的诗，颇见古文人之风。有一首是《赠李东华》："一载戎马半世情，校园别后忆军营。北大才女诗心热，乐将芳菲付孩童。"

高主席在信中说："东华代转新作《喜欢书》，一口气读完，好像同你共同走过这些年。亲切、自然、开心。周至人，南大毕业生，儿童文学作家，三种身份合为'爱书人'，大好。"我真没想到高主席能把我的书看完。

不喜欢别人给我寄邮政包裹

2012 年 10 月 30 日　　星期二

　　到邮局寄书，取回了在孔夫子旧书网上买的旧书。我特别不喜欢别人给我寄邮政包裹，因为单位距离邮局很远，来去实在不方便。

　　这是浙江的一个旧书店寄给我的，有《叶圣陶论创作》、倪宝元的《炼句》等七本。

　　10 月 29 日出版的《文艺报》发表李东华的文章《新世纪儿童文学：从量的繁荣走向质的高地》，列举作家时，也提到了我的名字。我知道这是李姐对我的鞭策和鼓励，这些年我的新作品太少，惭愧。

　　徐玲赠她的新书《我会好好爱你》，中国少年儿童出版社出版，首印二万一千册，我回赠《喜欢书》，在扉页写道："向徐玲学习，多写儿童文学。"

笑脸墙

2012 年 10 月 31 日　　星期三

　　上午，单位组织参观"科学发展成就辉煌"图片展。很多照片还是很震撼人心的，那面笑脸墙也不错，应该站在前面拍张照片。集体活动，时间有限，只能走马观花看了少数几个展厅。

我们经常批评或者总结某些人在某某方面没有做好，每当这个时候，我们也要检讨自己有没有这方面的问题，有了就要立即改过。我喜欢说，做一个优秀的人。优秀的人在很多方面都应该是一流的，经得起时间的检验和困难的考验。优秀应该成为此生我们追求的目标。做人也是在修炼，有的人最终修成正果，让自己变得更加强大，而有的人不能忍受暂时的痛苦，半途而废。生活中，后者可能更多。

让每个孩子都能成为有用之才

2012 年 11 月 8 日　星期四

7 点 4 分从家出发，到单位，十八大开幕式已经在播了，堵车，这一路，走了两个多小时。

听完报告，给我印象深刻的话有：让每个孩子都能成为有用之才；努力建设美丽中国，实现中华民族永续发展；给子孙后代留下天蓝、地绿、水净的美好家园；等等。

今天还是中国记者节，报社的晋雅芬发来短信："祝你这个没有证的老记者节日快乐。"哈哈，这话我爱听。

奸臣做事往往没有底线

2012 年 11 月 11 日　星期日

《正说宋朝十八帝》,2005 年一出版,我就买了,和很多新书放在一起,前些天随手拿起,竟不舍得放下。看这样的历史书,总是有很多感慨。我总结历史上的奸臣都有如下特点:为自己想的多,为国家社稷思考少,往往为了个人利益,出卖朋友和国家,做事没有底线,大多数人心胸狭窄,报复心强,见风使舵,遇到一点风吹草动,就变节投敌。但是,这些人,皇帝往往很信任。有奸臣,就有忠臣,所以文天祥等具有大无畏精神的人,就走到了历史前台。

一个人喝了一瓶干红

2012 年 11 月 16 日　星期五

晚上和朋友喝酒。他们喝白酒,喝完白酒,又喝啤酒。我主攻红酒。一瓶 750 毫升的长城干红,被我一个人喝光了。从来没有喝过这么多。

人生可以喝醉几次,喝醉了就静静躺着,不要丢丑就是。

我还把红酒瓶子带回了家,留作纪念。

《不得贪胜》

2012 年 11 月 19 日　星期一

收京东网送来的书。

有《曾国藩的正面与侧面》、李昌镐的《不得贪胜》、余斌的《南京味道》、庄信正编注的《张爱玲庄信正通信集》等。

《曾国藩的正面与侧面》是张宏杰的作品。那天,在网上看到选载他写清帝的文章,觉得写得很好,就想找他的书看。《不得贪胜》的书名很好,做什么事,都不能贪。钱不能贪,色不能贪,职位也不能贪,一贪,往往就会失败。

王蒙:我获诺贝尔奖越来越不可能

2012 年 11 月 22 日　星期四

今天出版的《南方日报》头版有一条导读是,著名作家王蒙接受本报采访:"我获诺贝尔奖越来越不可能。"

正文有这样的话:

南方日报:莫言近期获得诺贝尔文学奖,你也曾被 7 次提名。听说你曾经不太配合参选这个奖项。

王蒙：诺贝尔文学奖是一个重要的奖，但始终代表以欧洲为中心的强势文化。很多第三世界的国家对这个奖项的态度是矛盾的，一方面很羡慕这个奖，并希望得到，不希望自己被忽略。但是，它背后是以基督教为核心的价值系统，这是一种和中国完全不同的文化形态。我当然希望获得这个奖项，但非常明显的是，这已经越来越不可能了。

前些天，作家周国平的微博有关莫言获奖是这么说的："中国作家里，文学品质和莫言相当的有若干位，皆有问鼎诺奖的机会或愿望。对于他们，莫言得奖能起心理解脱的作用。某人以后如果也得了，没什么大不了的，因为前面有莫言开路，你不是第一个，如果不能得，也没什么大不了的，因为前面有莫言挡路，用掉了你的机会。"

这恐怕也是王蒙说自己越来越难获奖的原因。

闲书友兄告诉我，他写我的书评发表于11月19日《藏书报》。晚上，看到《吉林日报》读书版发了韩瑞胜兄为《喜欢书》写的文字。

下午，海涛兄发来短信，说上午收到我的书，一下子读完了，"非常羡慕你，你拥有的不仅仅是今生今世，你还拥有一个诗意的世界"。所有这些都是朋友们的鼓励。

我希望更多的人都读书,都能从书中明理。关门的时候,轻轻的。我的小区有一个自动门,我每次都轻轻地把它扣上,但是,很多人,推开后,任凭它很响地撞上,每次听到那个声音,我都心疼。门如果有生命,它也会疼啊。

《西窗集》

2012 年 11 月 28 日　星期三

写第广龙老师的文章终于在《西安晚报》发出来了,还是第老师最先告诉我这个消息的。看到电子版后,我赶紧通知《文学报》不要发了。我做过编辑,不喜欢作者同一篇稿子到处发,我自己应该做到。

答应给很多朋友写文章,容我慢慢读、慢慢写吧。

晚上,和施亮老师、安兄见面。施老师赠他父亲的著作《西窗集》。安兄的侄子安鹏辉也来了,他为我们端茶倒水,很有礼貌,我喜欢这样的年轻人。

走近王阳明

2012 年 12 月 16 日　星期日

读鹤阑珊的《王阳明:人生即修行》,写得很活泼,读起来却发人深省。王阳明说："夫万事万物之理不外于吾心。""天地虽大，但有一念向善，心存良知，虽凡夫俗子，皆可为圣贤。"

重读当年明月在《明朝那些事儿》一书中写王阳明的篇章，也很有收获，王阳明真是圣贤。

单位有一本《传奇王阳明》的书，明天找出来看看。

郭鹤年的忠告

2012 年 12 月 18 日　星期二

朋友发来短信，说是美国驻华大使骆家辉评价中国人的十二条。不知道是否属实，但是看后，却觉得句句属实。

一、非常聪明，但非常相信传言；二、凡事喜欢抢，从出生抢床位，到临终抢坟地，从头抢到尾；三、在大事上能忍气吞声，在小事上却斤斤计较；四、能通过关系办的事，绝不通过正当途径解决；五、计较的不是不公平，而是自己不是受益者；六、动辄批判外界，却很少反思自己；七、自己爽不爽没关系，反正不能让别人爽；八、不为朋友的成功鼓掌，愿为陌生人的悲惨捐助；九、不为强者的坚持伸手，愿为弱者的妥协流泪；十、不愿为执行规则所累，宁愿为适应潜规则受罪；十一、不为大家的利益奋斗，愿为大家的不幸怒骂；十二、不为长远未来谋福，愿为眼前的小利冒险。

加班到晚上 7 点。

看央视经济年度人物颁奖电视晚会，终身成就奖授予马来西亚华裔企业家郭鹤年。主持人请郭对年轻人提几点忠告，郭说了四点：一、要抓住机会；二、必须有耐心；三、成功也是失败之母；四、赚到的钱最好回归给社会一部分，越多越好。

北京到西安有高铁了

2012 年 12 月 20 日　星期四

从网上看到《吉林日报》发了赵培光老师为《喜欢书》写的评论。星期二，他给我发短信，说喜欢这本书，喜欢书中的我。我回复："谢谢赵老师，越读书，越觉得自己的渺小。"2007 年，我在编辑报刊时，曾约过他的稿。不编副刊，就联系少了。前些天，他们部门的编辑约我写稿，给编辑寄书的同时，也给赵老师寄去一本，没想到他读后居然写了文字，让我感动。

他是首届"孙犁报纸副刊编辑奖"的获得者，也是作家。

网上看京西高铁即将开通的消息，就像小时候我们村的泥路要修成柏油路一样，很高兴。以后，从北京到西安只需要五个小时。

王岐山："想明白，说明白，做明白"

2012 年 12 月 25 日　星期二

新华社播发王岐山人物特稿：《求真务实尽责奉献》。文章说，王岐山的务实，既体现了实事求是的精神，又折射着他对历史和哲学的思考。他经常要求广大干部："要想明白，说明白，做明白。"

2003 年春天，因为抗击"非典"，中央把王岐山从海南调到了北京。给人印象深刻的就是他接受中央电视台《面对面》的采访，他的精彩回答，"军中无戏言"，一下消除了市民对"非典"疫情的恐惧心理，稳定了人心。11月，因"非典"延迟的博鳌论坛举行，我到海南采访《海南日报》对博鳌论坛的报道。和报社的领导聊天，他介绍王岐山做事的风格，说他在海南喜欢说做事要"想明白，说明白，做明白"。我听后就立刻记住了，有茅塞顿开之感，细细回味，觉得真理就是这么简单。我后来多次跟人转述这三句话，并说我的体会。但是，白纸黑字出现在公开报道中，今天还是第一次看到。

新华社的文章说，他经常强调，各部门必须加强基础工作，切实做到"情况明、数字准、责任清、作风正、工作实"。这五点，很全面，也很重要，应该成为任何一项工作的基本要求和最高要求。

他在多个领域、地区、行业、岗位上锤炼，且成就非凡，深得人心。中央让他抓反腐败工作，相信他会有他自己的思路，一定可以做到"想明白，说明白，做明白"，赢得民众的尊敬和拥护。

坐东朝西

2012 年 12 月 31 日　　星期一

昨天，整理书房。原来是坐西朝东，现在变成坐东朝西了。又清理一些书出来，准备送人。

今天下午，整理办公室，把不看的书和杂志送给了同事。

晚上，和几个朋友一起吃饭。没有喝酒，气氛也不差。这些年，大家都怕喝酒了。

有一个朋友的爱人在北京儿童艺术剧院工作，演过不少剧目。我说，我对她这个职业感兴趣，以后有机会可以聊一聊。他问我写剧本吗，我说，不写。我应该告诉他，我有朋友写剧本。

2012 年就要过去了，希望今晚的聚会为 2012 年画一个圆满的句号，为 2013 年开一个好头。

我怀念过去的每一天。我更应该过好今天和明天。

2013 年

希望天天都是好日子

2013 年 1 月 1 日　星期二

新年放假。上午,在家继续整理书房,又清理了一些报纸出来。

时间飞逝,抗击"非典"都快十年了。1993 年距离现在已经二十年了。下一个十年也会很快到来,真的要珍惜每一天,珍惜每分每秒,无意义的事情少做直至不做。

收到好多人的短信,都一一回复了,感谢他们惦念着我。我没有主动发,春节一起发。

晚上,在电脑上看贺岁片《甲方乙方》《不见不散》和《没完没了》的片段。《甲方乙方》的结尾是:1997 年过去了,我很怀念它。《没完没了》的结尾是:姐,好日子还是来了。

希望天天都是好日子,对每个人。

我只是学了孙犁的一点皮毛

2013 年 1 月 8 日　星期二

晚上,看到西安彦群兄写我的文章,《〈喜欢书〉里的孙犁》。我觉得,学习孙犁,除了学习他的创作风格和创作态度,主要是学习他的精神,如果自称是孙犁的追随者,却过分计较名利,也安静不下来,孙犁在世,估计也不会认可的。我只是学了孙犁的一点皮毛而已,离他还很远。

陪马弟采访陈彦

2013 年 1 月 13 日　星期日

晚上,陪马弟到中国剧院采访《迟开的玫瑰》编剧、陕西戏曲研究院院长陈彦先生。陈彦说他每天一早起来,慢跑一小时,同时背诵一些东西。晚上 6 点到 9 点写作、读书,10 点到 12 点还是写作、读书,基本上每天都是这样安排自己。

哈哈,没想到《华商报》记者王宝红也随团来北京采访。我以为我们是第一次见面,后来才想起,2011 年 5 月,我去他们报社参加一个会,中间我出来问她要过有我文章的版样。

羡慕同行出新书

2013 年 1 月 15 日　星期二

晚上,看《中国图书商报》,把好多新书的名字记了下来,将来一并在网上购买。

看到很多少年儿童出版社做的形象广告,看到同行又出了新书,真是羡慕,他们是我学习的榜样。希望我的儿童文学新书也早日出版。

《中国艺术报》办得越来越好了,简直和前些年我看到的不可同日而语,特别是言论旗帜鲜明。报纸有很大的变化,肯定是某一方面在起作用,领导、体制,不可能是编辑、记者自发地行动,可见领导、体制在一个报社的重要性。

看《南方日报》公布新一届广东省政协委员名单,张见悦也在,他可是我以前的同事,现在中新社广东分社工作,我发短信祝贺。

快递我的书让签名

2013 年 1 月 18 日　星期五

上午,收上海成忆君先生快递来的包裹,原来是我的《喜欢书》，他希望我在书上签名，然后再寄给他。

上次和武林兄见面，他谈起过这个人，说在银行工作。我说挺有意思，不爱钱，爱书。

他花钱买我的书，我已经很感谢了，千里迢迢寄来，这一番辛苦，让我不知道说什么好！我想这应该是我的买书经历，在他那里产生了回响吧。

中午，去北京图书大厦，我大约有近一年时间没来图书大厦了，买了几本书，更多的书记下了名字，将来在网上买。叶兆言的散文，看到必买，这次买了他的《美人靠》，2012年4月出版，今天是第一次见到。

于是之先生去世

2013 年 1 月 20 日　星期日

于是之先生去世了，享年八十六岁。和他关系很好、写过他的剧作家李龙云去年八月去世，如果有另一个世界，他们还会相逢，还会因为戏剧而继续成为好朋友。

我对于是之的了解是因为李龙云的那些书。

行行出状元

2013 年 1 月 21 日　星期一

上午,听中央办公厅处长郭道锋先生讲授《党政机关公文处理工作条例》,收获很大,最主要是和实际贴得很近,听后就能应用。

不管干哪一行,只要不断学习、精益求精,就有可能成为行家里手乃至状元。可惜只有一个上午,我们听后有意犹未尽之感,再讲一个下午可能会更好。

痛恨自己浪费时间

2013 年 1 月 22 日　星期二

做了一个梦, 立志要在 2013 年 1 月前在浙江少年儿童出版社出三本书,醒来后才发现,时间已过。感慨自己平时不抓紧时间写作,总是在网上胡游乱逛,平时的大好时间也都浪费了,可惜,可惜。看到朋友一本本新书出来,真是羡慕。

我现在最大的问题是杂事太多,有的事情,我要学会拒绝。有的交往,比如吃饭,能不去就不去。

当当网上买的书到了。安徽教育出版社《渡书系》的精装本做得真好,我下次要出的书,可以考虑用这个布面。

希望下班后早早回家

2013 年 1 月 25 日　星期五

当当网上买的书到了,《邓小平时代》和《买书琐记》(上编),这是《买书琐记》的新编本,我的《在中国书店买书》收入其中。

回家路上,我想,每天下班后,早早回家,吃过饭后,就在书房的台灯下,写作、读书、看报,多好!

1994 年和章学锋见面

2013 年 1 月 28 日　星期一

收京东网送来的书。我在当当网买书多些,这次之所以选择京东,是因为董鼎山的《忆旧与琐记》当时当当网上没有了。但是,在京东订后,京东北京库房也没有,这一本好像是从江苏发过来的。22 日晚下的单子,除去双休日,今天早上才送到。我不计较慢这些天,买到这本就行。

收《西安晚报》章学锋先生寄来的"西安晚报文化丛书"之一种《报人散文卷——写在历史初稿边》,屈胜文、贾妍编，我有一篇习作入选。

1994 年，在陕西师范大学的一个作文颁奖会上，我和学锋兄见面，也是至今唯一一次见面。学锋兄记得更清楚，说这一天是 1994 年 1 月 8 日或 9 日，我查了当年的日记，是 1 月 9 日，星期日。学锋兄当时在澄城中学，颁奖会上，他还发了言；另一位学生是陕西师范大学附属中学王静，女生。

颁奖会结束后，我们两个边走边聊，一直穿过陕西师大校园。学锋兄回忆说，那时候师大门口有一面墙，挂着很多师大所办杂志的牌子，我们在那还待了一会儿。之前，我经常看他的文章。他在中学生文学爱好者中也是小名人了。我说，这些年我们联系虽少，但心灵是相通的。

《邓小平时代》一书中写道："文件在上午 10 点前送达他的办公室，他当天就会批复。他不在办公室留下片纸，那里总是干净整洁。"

画和文要相得益彰

2013 年 1 月 29 日　星期二

任溶溶在《浮生五记——任溶溶看到的世界》一书中，写到了他的老搭档、画家詹同。詹同为他的诗配插图，任溶溶说："我简直吃惊，这不是插图，而是画家借我

的意在创作一套画,十几幅,把我的诗围了起来,完全可以独立,甚至可以说,是我为他的画配文。"

我总觉得画和文要相得益彰,互为补充,不是简单的插图,而要水乳交融,谁也离不开谁,这对写文字的特别是画插图者是考验。用任老先生的话说:"并不按我的文字亦步亦趋,而是自由发挥。"我希望给我画插图的人也能天马行空,自由想象。

收黄岳年先生寄来的著作《书林疏叶》《水西流集》。黄先生是甘肃人,我是陕西人,他是爱书人,我也是爱书人,他当老师,我素来敬重老师,所以,从一开始就感到很亲近。

当年的贺小茂

2013 年 1 月 31 日　星期四

曾维惠在 QQ 说话,今年居然要出二十本书。真厉害。

翻看彭国梁先生的《近楼,书更香》。在后记中,他写到了《老年人》杂志的编辑贺小茂。这个贺小茂,应该是当年的全国优秀文学少年,后来上了湖南师范大学的贺小茂。她的名字和简介曾经登在 1990 年第 12 期《全国中学优秀作文选》上,我记忆犹新。

我那时迷恋文学,所以,很多文学少年的事情我耳熟能详。

《百岁忆往》

2013 年 2 月 2 日　星期六

下午到三联书店,买杂志多本。书只有一本,周有光口述、张建安采写的《百岁忆往》,小精装,字大行稀,文都很短,读来轻松。

好久没来三联了,一楼的店面摆设都变了。地下一层没来得及去。

晚上给家里打电话,可以听到小外甥在旁边喊叫的声音,我妈妈说他现在最喜欢在屋里跑来跑去。

特别好的人和特别坏的人

2013 年 2 月 4 日　星期一

看了李雪健的"倡廉洁,树新风"公益广告,想看他演的电影《杨善洲》。昨天晚上,看了一部分,今天中午,利用休息时间，把电影看完了。后半部分也就是在大亮山植树的戏更感人。

看《法治周末》的文章《传销猖狂　知名企业躺着中枪》，说的是传销的魔爪已经伸向急于找工作的应届毕业生。我看应届生求职网，2011 年年底，已经有人提醒学生要小心，别上当受骗。

这个世界，有特别好的人，也有特别坏的人，除了环境和教育，绝大多数应该是天生的吧。

羡慕有表演才能的人

2013 年 2 月 5 日　　星期二

中午，收当当网送来的书，其中一本是《中国儿童文学作品导读》，李学斌主编。他选了我的一篇散文，儿童散文部分的评析文字应该是选编者陈冬兰、张国龙撰写的吧，谢谢他们。

下午，是单位春节团拜会。从外面请来的嘉宾有：二炮文工团曹芙嘉、陈阳，总政话剧团的郭达、王丽芸、邵峰，总政歌剧团的戴玉强。我真羡慕他们有表演才能，我什么时候才会有类似这样的一技之长？估计没有了，还是把本职工作和儿童文学做好，做到极致。

寄贺卡。哈哈，寄晚了。但是，也避开了高峰，年后应该可以收到吧。

看《民兵葛二蛋》,我在想,怎么有那么坏的人。

小册子也做得如此精致

2013 年 2 月 6 日　星期三

从去年开始,单位在每层楼道的两边,分别设有塑料箱,大家可以把要处理的旧书放在那里,过一段时间,由专人分拣,然后再利用,如捐献给农家书屋等。我们在十一楼,我在那里拣过不少书,也在其他楼层拣过。开始,我还有顾虑,这些书,都被我拣了,送到书屋的就少了。后来,我把我读过的或者不用的书也放在里面,算是交换吧。今天又拣到不少好书和杂志,最喜欢的是三联出版社出的一本介绍"三联经典文库"的小册子,彩色印刷,有书影,有提要,做得如此精致,真不愧是大社。

收《梧桐影》第 3 期,我的简介里"中国作协会员"这几个字也可以去掉,越简单越好。

《新京报》做的标题特别逗,《龚长老,快收了神通吧!》,说的是龚琳娜的那个造型。

也是看《新京报》,才知道摄影家邓伟去世了。最早知道他,应该是通过《辽宁青年》,说他给伟人拍照片多么历经周折。

《耕堂劫后十种》读了九种

2013 年 2 月 8 日　　星期五

我曾经有个设想，把《耕堂劫后十种》一字不落读完，到今天，已经读完了九种。原来是想起哪本就读哪本，现在是一本读完再读下一本。

最后一本是《曲终集》，很多年前，也是春节回家在火车上看的。这次也带到路上读。

《藏书报》用一个版发了对尚书房去年出的《爱读书》《喜欢书》《我曾经侍弄过一家书店》的评论，为我写评的是山东的王爱玲老师。谢谢她。

捡到了精装本的《现代汉语词典》

2013 年 2 月 16 日　　星期六

春节后上班第一天。

收《包商时报》，第 7 版可看的文章不少，有刘宗武老师的《孙犁〈书衣文录〉(增订版)编后》，有《姜德明序文两篇》，最有意思的是万康平先生的《2012 年民间读书界的年度"最"印象》。

在单位的书箱里捡到了叶永烈的《历史在这里沉思——我的书房"沉思斋"》。这个系列的书，我有江晓原的，现在可以成一套了。还有一本精装本的《现代汉语词典》，第5版，定价一百一十元。

高尔泰《寻找家园》

2013 年 2 月 17 日　星期日

节后上班第二天，心里仍空空的，心好像还在西安，想念家里的亲人，这份感觉就像学生时候刚过完寒假返校一样，每天都要凝望着西北发呆。希望他们一切都好。

睡觉前读高尔泰的《寻找家园》成了每天的功课。那些人，如果都活着，该有多好。希望那样的悲剧不再发生。

高尔泰的文笔也很好。

孟晓云的油画

2013 年 2 月 21 日　星期四

看樊老师的博客，今天是雷抒雁先生遗体告别仪式。如果是星期六、日，我肯定会到现场给他鞠躬。他是我的老乡。至少在两次会议上，我见过他，但是，没有打招呼。大家怀念他，还是敬佩他敢于讲真话，用他的诗引领人们向美、向善、向真。

看《文艺报》，作家孟晓云的油画，我很喜欢。也是看了今天的报纸才知道她还会画画。

吴双英上了《新闻联播》

2013 年 2 月 26 日　星期二

给彭国梁先生发短信，希望能得到我写他文章的那本杂志，他说前些天正好见到我的一个朋友，让他带过来了。我说好好好。谈到他的《书虫日记》，我问什么时候出版，他说出版社正在校对，应该五一前吧。我说，我们都很期待。

看《新京报》，才知道郑勇将任《读书》执行主编。他是《买书琐记》责任编辑，编过不少有意思的书。希望《读书》也更有意思。

晚上，看《新闻联播》，有一条是《文化体制改革扶持出版集团》，其中报道了中南出版集团，还采访了湖南少儿出版社文学编辑室主任吴双英，有同期声。我给她发短信。她说还没有看到。

冯友兰《论命运》

2013 年 2 月 28 日　星期四

看《读者》第 6 期登的冯友兰的文章《论命运》。文章写道:"有的人常常说我立志要做大学问家,或立志要做大政治家,这种人有可能会失望。因为如果才不够,便不能成为大学问家;命运欠好,便不能成为大政治家。惟立志为圣贤,则只要自己努力,便一定可以成功。"

两个半小时不看讲稿

2013 年 3 月 4 日　星期一

夏春锦先生寄来范笑我老师托他带的两幅书法小品,一幅是"喜欢书",一幅是"无言先立意,未啸已生风"。范老师给我写字的时候,一定想到了"来而不往非礼也"。我的《喜欢书》写到了范老师,给他寄过。收到他的作品,我想到了"秀才人情半张纸"。

下午,是《中国纪检监察报》李本刚社长的讲座。他讲得真好,所有的东西都在脑海里。他是研究这个专业的,但是,如此了然于胸,两个半小时,根本就不低头看提纲,也没有提纲,没有一张纸,我还是很少见,只能感叹和敬佩了。

这个世界上肯定有人渣

2013 年 3 月 6 日　星期三

今天心里空空的，是在想吉林那两个月大的孩子吧。犯罪分子真残忍。李承鹏在微博里说："外公去世前曾告诉我：这世上不是所有走在大街上的都是人类，他们其实只是妖魔鬼怪穿上人类的皮囊冒充的。周喜军，这么可爱的婴儿，你怎么下得去手。——再次哀痛那个孩子，春天来了，你却逝于未化的雪里。"

收到孔夫子旧书网上订购的旧书，三本是我当年上小学用的语文课本。每本都一百五十多页，文章也不长，那时要学一个学期，还苦苦背诵，收效甚微。我觉得还是学习方法有问题。

上午，开廉政选题的会。又见到海飞老师，这次我来得早，主动上前，和他聊了会儿。说到安武林，他说他真聪明，我说他也勤奋。

喜欢祁智老师的文字

2013 年 3 月 7 日　星期四

收《藏书报》，3 月 4 日这期登了我的《我的第一本书》，这是我第一次在这个报纸发文章。多谢编辑张维祥先生。

京东网送来了我订购的几本书，有《散文 2012 年精选集》，有祁智老师的《除夕的马》，还有两本儿童文学理论著作。我喜欢祁智老师的文字，特别是他的散文。我曾经跟他说，我要是编辑，一定给他编一本散文选，把他发到博客上的一些散文都收录到这本书里。

《散文 2012 年精选集》正文字号实在太小。缩小字号是为了扩充容量，字那么小，每页却留那么多空白。现在很多书都这样，是美了，但是，读起来难受。

我现在越来越喜欢字大行稀的书了。

尚兄又送来《喜欢书》的样书，还有他们公司新出的五本小书，我随意抽出了两本，我更喜欢杂文集《印在手纸上的恨》。

想起来还是感动

2013 年 3 月 8 日　星期五

儿童文学作家龚房芳女士发来邮件，请我对她写的《喜欢书》的评论提意见，我短信回复："非常好，不改一个字。"发出后，我又想，还得改两个字，我名字后面的"老师"可以不要。

她有一段写到了我和我弟弟的事：

> 对于日记体的书，我多少还抱有好奇的心理，想从中知道更多关于作者的工作、生活、学习，乃至亲情感情等。他在此书中很少提到家人，但在说起弟弟时，我被感动得一塌糊涂了。他说，那个在车站独自等待他的弟弟，在入口处站了四五个小时的弟弟，他吃什么呢？其实何止是吃饭呀，这几个小时，弟弟是如何盯着入口的旅客看的，肯定很担心离开一会儿或是眨一下眼就错过了和哥哥的相遇。面对车站的汹涌人潮，多少次的失望才换回见面的那一刹那惊喜呀，对于弟弟的守候，读来让人直想流泪，正是这种无需用语言表达的手足之情，让我无端地怀念起那些没有手机、没有寻呼机的年代了。

我今天回想起这件事，还是感动。

国务院：不再保留新闻出版总署

2013 年 3 月 10 日　星期日

起床后，就看到新华网发的消息：国务院将组建国家新闻出版广播电影电视总局。

> 新华网北京 3 月 10 日电（记者赵超、崔清新）根据 10 日披露的国务院机构改革和职能转变方案，国务院将组建国家新闻出版广播电影电视总局，促进新闻出版广播影视业繁荣发展。
>
> 方案提出，将新闻出版总署、广电总局的职责整合，组建国家新闻出版广播电影电视总局。主要职责是，统筹规划新闻出版广播电影电视事业产业发展，监督管理新闻出版广播影视机构和业务以及出版物、广播影视节目的内容和质量，负责著作权管理等。国家新闻出版广播电影电视总局加挂国家版权局牌子。同时，不再保留广电总局、新闻出版总署。

从春节前就开始传言，终于变成了现实。

上午，突然想读桑格格的《小时候》，找了好几个书柜，都没有，准备在网上再买一本，一回头，却在我身后的书架看到了。

书 2007 年就买了，但是，一直没读进去。今天读了几十页，感觉还行。我觉得是散文，版权页标注的却是小说，也许作者真是当小说写的。

那个人，你也认识呀

2013 年 3 月 12 日　星期二

儿童文学作家毛小懋在我博客留言。哈哈，原来他妻子和我是一个县的，他是山东人。现代社会，人和人的距离越来越近了。朋友聚会，经常是：那个人，你也认识呀。

在孔夫子旧书网买的旧书陆续寄到，速度真快。古吴轩的《叶圣陶书影》，原来是周晨兄装帧设计的。

收到山西杨栋先生寄来的书和书法作品。

京东网买《孙犁十四章》，以及"回报者文丛"三种。

《翟泰丰文集》

2013 年 3 月 15 日　星期五

《翟泰丰文集》前些天在孔夫子旧书网订的，钱已打过去，一周多了，迟迟未见发书。发信息过去，店主说，书未找到，让我申请退款。这样的服务，我不知道说什么好。

又选择了一家，昨天下单、付款，今天一早就快递过来了。

我先翻看的是两册《书信往来卷》。

知道翟泰丰的名字，是我上大学后，《文艺报》和《文学报》经常刊登他出席活动的消息，那时候他是中宣部副部长、中国作家协会党组书记。他到后，强调团结。他也确实为作家办了不少事，作家有事也愿意找他。有房子解决不了的，有推荐人到作协工作的，有想成为作协会员的，有想办刊物的，有想挂职当领导的，都给他写信，他都想办法解决。

贾平凹当年因为《废都》而受到批评。他出面为贾平凹联系采风点，希望他到江苏、浙江走走，感受改革开放的变化。此举也受到老作家的批评，给他写信，认为以他的身份，对这个事情宣传太多不好。还有作家给他写信，建议以后无论何种文学评奖，都应坚持思想性与艺术性相统一的原则，举例一些长篇小说出现了脱离马克思主义的历史唯物主义观点，将历史上早有定论的人物如曾国藩等渲染于文学创作之中，在社会上引起了很大争议；而自己写的历史人物的作品，读者又是多么喜欢。

不用说，写曾国藩的就是唐浩明的《曾国藩》。

十八年过去了，《曾国藩》依然在卖，而那本所谓思想性、艺术性很高的书，现在却很少见了。

读《书信往来卷》，我最大的感受是，我们今天所做的一切都将成为历史。

李海鹰:我的电话不响,永远静音

2013 年 3 月 18 日　星期一

《平安生活》杂志 2013 年第 3 期刊登对音乐人李海鹰的专访,有如下的对话:

> 记者:创作的状态下不喜欢被打扰?
>
> 李海鹰:我的电话不响,永远静音,也不上微博。基本都是用信息联系别人。信息可以很久都不回复,接到就是缘分。如果手机不停响,那就不用干活,我的工作性质,其实可以不接电话的。

下午,郭明义爱心团队来单位做报告,我有事没去成,有点遗憾。

柳署长依依告别

2013 年 3 月 19 日　星期二

一早收到当当网送来的书。有一本是陈为人写马烽的传记《马烽无刺：回眸中国文坛的一个视角》。我是昨天看到《翟泰丰文集·散文卷》写怀念马烽的文章，想买他的传记读读。打开后，我先看的是他做中国作协党组书记的那段历史。

收作家任文寄来的《我的乡村》一书。乡村系列可以一直写下去。这套"紫香槐散文丛书"，我有陈长吟老师和穆蕾蕾的。

收陕西省传播学会主办的内刊《传播》，这期登有老作家李沙铃的三篇文章，我很喜欢。我给薛老师发短信，希望把电子版给我，我贴到博客里。

下午，总署开会，传达全国"两会"精神。柳斌杰署长最后的话很动情，也让我们动容。他说，有什么事，需要他帮的，他还会帮。他永远和我们在一起。我都流泪了，怕失态，赶紧把眼泪擦掉。署长不一定认识我，但是，这些年他确实为新闻出版业的发展贡献了自己的全部力量，我经常看到他很晚才下班。

《一任我逍遥》

2013 年 3 月 21 日　　星期四

京东网上买的两本书送到，一本是郝明义的《他们说：有关书与人生的一些访谈》，一本是安妮宝贝和韦力合著的《古书之美》。

收语文报社任彦钧老师寄来的两本书,《一任我逍遥》《论语说文》。利用中午时间,读了几篇,仿佛又回到了当年做文学少年的日子。装帧设计简约、大方,也是我喜欢的那种。

媒体报道,作家陈忠实出资设立的首届"白鹿当代文学编辑奖"3月20日在京颁奖。作家和编辑是船和桨的关系,要互相尊重,互相学习,形成合力。

下午,大学同学刘军发来我们班的通讯录,我才知道很多同学换了工作。比如陈洁,我一直以为她在出版社,看通讯录,才知道她现在鲁迅博物馆做科研,那个地方,真适合做学问,也适合她。

不要把自己说得多么高尚

2013 年 3 月 22 日　　星期五

网上报道,陕西大秦足球俱乐部不参加今年的中乙比赛了。想当年,媒体可给它冠以"中乙恒大"的美名呀。

大多数企业或者老板搞足球是为了赚钱,或者通过这个平台吸引更多的人关注他的企业或者产业,或者向政府要政策。这个我理解,无利不起早嘛,让人家白干也长久不了。但是,不要把自己说得多么高尚,也尽量少说打造百年俱乐部的话，就像一个作家或者科学家老说他要拿诺贝尔奖一样，说多了，人就不信了，当作笑话。

足球在陕西扎不下根，不能总是说陕西球队没有陕西人，恒大队里广东人也不多吧。那些国际大牌俱乐部，也应该是以球员水平为取舍标准的。陕西还是市场化运作不行。企业投了钱，都打了水漂，自然不愿意来。

下班后，和马弟乘火车去天津。

晚上，住在如家酒店。

坐一辆三轮车到附近吃饭，吃花溪米线，一碗花二十六元，还没吃饱。

晚上，看中国对伊拉克的足球比赛，真让人着急。等我老了，肯定看不了球，一投入，就激动。好在结果不错，一比零小胜，又掌握了主动权。

拜访刘宗武先生

2013 年 3 月 23 日　星期六

原计划再住一晚，屋子太吵，只好作罢。

在住的附近走了走。在多伦道路牌下照相。多伦道，曾经是孙犁长期居住的地方，他的书中多次提到。

沿海河走了走。

到梁启超故居参观，在他题字的"无负今日"前照相。

下午，拜访孙犁研究专家刘宗武先生，听他讲孙犁的故事。他赠我《回忆孙犁先生》以及翻拍的孙犁书法照片两张。

大约 7 点多，回到北京。

《汉语修辞新篇章》

2013 年 3 月 25 日　星期一

从孔夫子旧书网上买的倪宝元所著《汉语修辞新篇章——从名家改笔中学习修辞》寄到。这本书是我大学同学多年前推荐给我的，1992 年商务印书馆出版，当时只印了两千册。中国书店、旧书摊都没有。孔夫子旧书网上有卖，要价一百元，且是独家生意。犹豫了很久，前些天忍痛下单。

收到后，用牛皮纸包了书皮，写下今天的时间。要认真读，对得起这一百元。

"2013 中国好编辑"

2013 年 3 月 27 日　星期三

看百道网"2013 中国好编辑"的榜单，很多人是以前见过名字,但没见过照片。如上海译文出版社的黄昱宁、三联书店的郑勇等。看郑勇简历,1997年,曾任职南京三联商务文化中心经理。我在南京上学的时候,常去这个书店,我们应该见过面。

收任大星先生邮件

2013年3月28日　星期四

收任大星先生的邮件。

我一直记着20世纪80年代他给河南《作文》杂志写的"作家寄语":作文大都是写给别人看的,如果你的作文写的尽是别人知道的,谁还会对你的文章发生非看不可的兴趣呢?

我就想告诉他,这句话一直指导着我的写作。

安兄发来3月8日和鲁院几个同学在一起吃饭的照片。其中一张,我在书上签名,安兄做介绍状。他给照片配的说明是:"爱读书的人说:'瞧,这个喜欢书的人在签名。'"《爱读书》和《喜欢书》,是我们出的两本和书有关的书。

这张照片是鲁院学员奚同发拍的。谢谢他。

晚上和安兄一起见施亮老师。安兄送我多本好书。他曾说不敢送我书,怕重复或者我看不上,其实,我现在是不敢送他了，他的书太多。带给他的这几本《爱经》，是我在网上买的，到现在也没弄明白，怎么就买重了，送上门让付钱，才知道下了两份单子。

喜欢山东画报出版社 1999 年出的《耕堂劫后十种》，新买了人民文学出版社的，从施老师那里把旧的换了回来。山东画报社那套，是我 2005 年送给他的。

施老师不在乎版本，也就不计较我如此失礼。

送别石宗源先生

2013 年 3 月 29 日　星期五

上午，参加在八宝山革命公墓举行的老署长石宗源同志遗体告别仪式。

前些天，从同事那里得知他患病。昨天一早就传来他离世的噩耗，我们都感到很可惜。

六十六岁，连国人的平均寿命都不到。

原新闻出版总署副署长杨牧之先生曾在一篇文章中写道："宗源同志较早地使用网络做工作。他开通了 QQ 专线，下班后，他打开 QQ，看看署里同志哪位在线上，就主动和哪位聊两句。有时，点出一杯茶、一杯咖啡的图案，意思是工作一天了，休息休息，喝杯茶、喝杯咖啡吧。聊上几句后，再点出一辆自行车或公交车的图案，意思是说时间不早了,快乘车回家吧。他聊天的对象不仅仅是司局级干部,也有普通职工。虽然只是简单的几句对话,但让大家感到署长的亲切和关心,署长和大家的关系拉近了。"

2002年,我被总署直属机关党委短暂借调,正好赶上纪念八一建军节,他在机关军队转业干部代表座谈会上的讲话稿,是我起草的。开头是:"我来到你们中间,仿佛年轻了很多。"稿子还引用了一句歌词:"生命里有了当兵的历史,一辈子也不会感到懊悔。"他读着读着就笑了,说谁给我写的这篇讲话,很诗情画意呀。

他在总署工作五年后,调任贵州省委书记。我听同事说,他一到贵州,就给贵州省新闻出版局的同志交代,以后如有新闻出版总署的同志到贵州,一定要告诉他。他请大家吃饭、聊天。有一次特别累了,他说:"你们多说说总署的事吧,我听你们说。"他还问谁谁谁有对象没有,就像关心和念叨自己家里人一样。

挂在告别室的照片是我们报社记者马耀增拍摄的。署长格外喜欢这张,以后,包括在贵州工作期间,媒体刊登他的标准照,都用这张。因为拍照,他和老马成为朋友,几次在署里开会,中间休息,署长就会把他叫出去,说:"老马,咱们抽支烟吧。"

"驾鹤难回,遗踪踏遍,甘吉京黔神州大地万里云山犹在望;骑鲸采石,尘缘了却,教科文卫新闻出版百年功业未终篇"，悬挂在告别式门口的这副挽联，是对他工作、生活的高度总结。

他是高级领导干部，也是一个有情有义的人。一个有情有义的人，会被大多数人记住。

2005 年 7 月 28 日，作家严文井同志遗体在八宝山革命公墓火化，他代表总署送别严老。今天，我们和他依依惜别，每一个人都为他的早逝而感到悲伤和难过。

刘再复《师友纪事》

2013 年 3 月 31 日　星期日

读刘再复《师友纪事》一书，其中写到了胡乔木。作者最后说："在人间，最好还是不要苛求人的完美，一苛求，就会有所排斥。禅者早已悟到，人的性情如双掌合

一，一掌为正为阳，一掌为负为阴，两掌合一才是正常的。人因为有负面而不完善，不完善才正常。以为人可完善，乃是一种幻想。去掉虚幻之求，才有宽容。"

下午，给江苏潘小庆老师、天津刘宗武老师以及海南侯少轩同学寄书。潘、刘二位老师是补寄，

这次挂了号,应该不会丢了。

晚上,整理书房。

我的中国梦

2013 年 4 月 1 日　星期一

收《语文报·青春阅读》,4 月 1 日出版的这期有一个《用心托起"中国梦"》的专版,我应约写了"我的中国梦",如下:

希望社会更加公平、正义。希望流浪儿都能得到救济和帮助。希望老有所养,老有所依。希望社会更加重视教育,再偏僻的角落也能享受到国家教育普及的阳光,希望每个孩子都能成为有用之才。希望每个人都能做好本职工作,在做好本职工作的前提下,多帮助别人。希望物质的欲望少一些,精神的欲望多一些,希望更多的人喜欢书。希望微笑多一些,笑脸多起来,对未来充满信心。希望环境更加优美,小河里的鱼儿和水草少一点污染,人与自然和谐相处。希望我们的举止更优雅一些,外国人真正对我们尊重,不要再说我们是暴发户。国家

要做负责任的大国，我们要做负责任的人。希
望能安安静静地想一想过去、现在和未来。

《语文报·青春阅读》办得很好。每一期看后，都不舍
得丢掉。认真读这些文章，总会有收获。

当当网买的书送到。有《安心：星云禅话》，买这本
书，是想看看高尔泰的画。有周明老师的《文坛记忆》，有
汪曾祺小说和散文各一本。

把去年买的多本旧书从单位带回家，有《冰心儿童
散文选》等。

自牧请吴官正签名

2013 年 4 月 4 日　星期四

看自牧的《自然集》。他写到在他们家小区偶遇吴官
正请求签名的事。朋友送他一本吴官正的《正道直行：党
风廉政建设的实践与思考》。有一天晚上，他一出楼道
门，见吴官正在随从、警卫等的簇拥下，在路边讲什么泰
山旧事，他便回到屋里拿书请吴官正签名，也送了他自
己的《半月日谱》给吴官正。吴官正在扉页签名："请自牧
同志参阅　吴官正　二〇〇九年十二月二十六日。"握
手道别后，吴官正又把他叫回来，说："我给你签了名，你

书魅文丛（第二辑）·喜欢书二编

248

也给我签个名。"自牧就在《半月日谱》扉页写道:"请吴书记存正　自牧。"

吴官正任中央纪委书记前,曾任山东省委书记,他卸任后,还经常回山东。这一次被自牧巧遇。

自牧在书中写道,问某人要书像割那个人的肉;另一个人的书,错别字很多;还说一个人急功近利,并举了例子。评论一个人,都是指名道姓,不知道相关的人看后会不会不高兴。

《潘小庆书装艺术》

2013 年 4 月 7 日　星期日

买第 6 版《现代汉语词典》。这本词典去年刚出版,我是抵触的,不想买,但是,最近校对稿子,不知道首选哪个词,决定还是买一本。

收南京潘小庆先生寄来的两书:《潘小庆书装艺术》《朴庐纪事》。前一本 1995 年出版,我在南京上学的时候就看到过,当时也想买,看到四十八元的定价又犹豫了,最终还是没有买。

书里的很多封面,我都在南京的新华书店见过。一段时间,江苏的书,我只要一看封面,就知道是潘先生设计的。

收《小学生导刊》第 3、4 期合刊，为纪念刊物二十周年庆，选发了二十年来一些作者的文章，包括我 2004 年的一篇文章。感谢湘子兄和编辑的厚爱。

忘记你对别人的好

2013 年 4 月 8 日　星期一

下班路上，听交通广播，说到儿研所（全称首都儿科研究所）附近的路况信息，我想起十多年前我去儿研所附属儿童医院帮家乡一个朋友买药。是谁呢？已经想不起来了。我当年是专程去买，倒了好几趟公交车。

记住别人对你的好，忘记你对别人的好。

我喜欢这样的编辑

2013 年 4 月 26 日　星期五

4 月 22 日《藏书报》发山东刘波先生的文章《"书记"艳异录》，写到了福建教育出版社编辑苏碧铨。作者说，后来才知道，苏送给朋友的好多样书，都是自己花钱买的，"她就像一个新生儿的母亲，自尊，自傲，自恋，容不得外人说孩子一个不字，不惜一切代价也要保全子女完美的童年。"小苏是一位年轻的编辑,我喜欢这样的编辑。我喜欢对工作、生活投入的人。想起了一句歌词,"投入地爱一次"。

我很少主动问编辑要书,除非他们送给我。呵呵,像老安这样的很熟悉的编辑,我是不客气的。

下班后,去金源购物中心,在西贝莜面村吃饭,又是安兄花钱。张老师《千雯之舞》的毛边本,都给了安兄,安兄请张老师在扉页——题词。他要送的人,我大都认识,是他的好朋友,也是我的好朋友。

在三联书店买香港版书

2013 年 4 月 27 日　星期六

上午体检。协和医院把体检中心搬到新大楼,秩序也好,这个程序检查完毕,医生会告诉你下一站到哪里。下个地方也会按顺序排好你的名字,在门口的屏幕上显示。不像以前,跟赶集一样。

检查完毕,到三联书店。

买两本港台书,一本是董桥的,一本是张旭东的。港台书真贵,董桥在中华书局出版的《旧日红》,只要三十四元,而牛津大学出版社的《记得》折合成人民币则要一百二十元七角五分。我不知道是怎么计算出来的,有零有整。这一本比旁边那些书都厚。我买书也跟买其他东西一样，不看内容，只看大小多少。

黄佐临的《往事点滴》真是好，那么短的文字，大部分每篇不到一千字，却那么好。我一直以为是黄先生写的，今天看后记，才发现是他口述，子女们整理的。整理的人也很有水平。

我买了《往事点滴》的新版本。

终于读完了《耕堂劫后十种》

2013 年 5 月 3 日　星期五

终于看完了《曲终集》，也就是说看完了《耕堂劫后十种》。这套书，也不知道是从什么时候开始看的。先前总是看看停停，这次下了决心，一定要看完，刚买的新书也放一边，看完一本再看另一本。曾国藩说得很好："读书不二：一书未完，不看他书。"今天看了这个好，明天看着那个好，就很难完整地看完一本书，因为好书总是源源不断在出。

如果编一本编年体的孙犁作品全集，一定很有意思，也有意义。我将把这个想法告诉孙犁研究专家刘宗武老师。

《蒋公的面子》

2013 年 5 月 12 日　星期日

看《南方人物周刊》今年第 11 期，有一篇报道是写南京大学学生自编自演的《蒋公的面子》大受欢迎。导演吕效平老师也是我的大学老师，他说："这部作品可用来对比当代大学制度和知识分子们的精神状态。我的小师弟做到博士生导师了，中央那个部长请他去做秘书还要去，我老师听后勃然大怒，几十年前国民党政府时期，请教授去做部长，也要犹豫一下去不去，现在大家公然叫一个大学教授、博导去当秘书，提出这个要求的人不感到羞愧，接受要求的人还感到很荣幸?！"

不能责怪那个领导，也不能责备他的小师弟，绝大多数人，如果碰到这样的机会，可能也是那个选择，因为这不是民国。

我一看就是盗版

2013 年 5 月 14 日　星期二

周敏给安兄打手机，没人接，她又打我手机，问我是不是安兄没在北京。我说安兄前一阵儿出差告诉过我，最近应该没出去吧。我还说，好像过些天他要去广东。她说你是他的秘书呀。我笑了。我给安兄发短信，他回我，在他们家的地下室看书呢。

收薛保勤先生的诗集《给灵魂一个天堂——致青年》。

收崔文川兄寄来的藏书票，专门为《小小孩的春天》做的。我也是前些天才发现，和书的封面比，藏书票上少了一个小孩。

收刘绪源老师的《中国儿童文学史略》和马艳萍的散文集《小城故事》。

收《藏书报》张维祥先生寄来的一包书，共七本。董桥那本，一看就是盗版。晚上他告诉我，是在淘宝网上买的，收到后，觉得不对，对方退了一点钱。

建议出版编年体孙犁全集

2013 年 5 月 15 日　星期三

一早，《读友》编辑发来一封短信，希望我参加他们本月 22 日的活动，我一看日历，是工作时间，就推辞了。调到机关后，我很少因为要去参加文学活动而给领导请假，我张不了口。

刘宗武老师发来短信，说给了我一本书，在人民文学出版社杜丽编辑那里，我方便时可取一下。我除了表示感谢，再次建议他编一套编年体的孙犁全集。他说编出后会有出版社出吗，我说我留心并大力推介，争取促成。他说只要有点眉目，就联络几个人搞个小班子运作起来。

真希望这样的书可以出版。

见王爱玲老师

2013 年 5 月 19 日　　星期日

晚上，安兄请山东王爱玲老师和一位曹校长吃饭，我作陪。我送安兄书两本，安兄回赠多本。送王爱玲老师书多本，包括《小小孩的春天》和《十五岁的喜欢》的毛边本，希望她喜欢。我从心底里感谢她为我写的那些文章。对小学老师，我从心底里尊敬他们。我觉得他们的工作特别有意义。

收到了人民文学出版社杜丽编辑寄来的书，是孙犁的《乡里见闻》，刘宗武老师编，扉页有藏书票，还有刘老师的题签。刘老师还寄了纪念孙犁一百周年诞辰的藏书票，崔文川兄作。

胡适的话?

2013 年 5 月 22 日　星期三

下午,在机关召开专家学者座谈会。

竹立家教授引用胡适的话:"一个肮脏的国家,如果人人讲规则而不是谈道德,最终会变成一个有人味儿的正常国家,道德自然会逐渐回归;一个干净的国家,如果人人都不讲规则却大谈道德,谈高尚,天天没事儿就谈道德规范,人人大公无私,最终这个国家会堕落成为一个伪君子遍布的肮脏国家。"

晚上回到家,上网查,有人说这段话出自胡适日记,但是,却没有注明时间。也有人说,这不是胡适说的,是现代人假冒他的名义。

到万圣书园

2013 年 6 月 1 日　星期六

下午,去真觉寺,主要是看上次没有看成的藏书票展。文川兄把给我做的一张,也摆在了里面。

到万圣书园。上一次来应该是 2011 年 6 月。今天买书和杂志七本,花一百多元。

书店搬到了新地方,还算比较好找。只是,店内面积小了一点,显得局促。

批评的勇气和雅量

2013 年 6 月 8 日　星期六

在中国作家网上读到刘秀娟的《作者和作品之间的距离——对张国龙〈许愿树巷的叶子〉的一些意见》。这篇文章应该在《文艺报》发过吧。我希望这样的文章越多越好。这是相互的,评论家要有敢于批评的勇气,被批评者也要有接受批评的雅量。

上午,感觉身体不好。吃完中午饭,回家休息。睡一觉起来,量体温,38℃。

今天是弟弟去新单位实习第一天。他说还好。

中国队一比五负泰国队

2013 年 6 月 15 日　星期六

全天收拾书房,没有开电脑。

找到了《严文井选集》(下),这一本是在旧书市场淘的。可以在上面写写画画。

晚上,看电视转播的球赛,中国队一比五负泰国队。这个比分,之前恐怕谁也不会想到。即使输了两个球,我还一直认为,在余下的时间里,中国队肯定能扳平甚至反超。造成今天这个局面，中国足协负主要责任，但是卡马乔也难辞其咎。

孙犁雕像

2013 年 6 月 17 日　星期一

当当网上买的《身体的历史》送到，大开本精装，共三册。拆开第三册，和我想要的不一样。第一、二册没再拆开。

河北大学杜恩龙老师快递来孙犁雕像，我很喜欢。最早是在朋友的博客上看到雕像照片的，按照留下的手机号，和杜老师联系，他说参加孙犁学术研讨会的人都会获得雕像。我上班，没能去成。上个月底，问他如何汇钱过去，他不收钱，答应把他自己存的一尊送给我。

塑像仿青铜，由曲阳一家定瓷公司制作，听说限量发行。看质地还不错，比我想象的要好很多。

谢谢杜老师。

如果有这句话，我会很满足

2013 年 6 月 18 日　星期二

看胡忠伟先生的博客，6 月 17 日《成都日报》刊登了他为我写的书评。巧合的是,这一版上,还有记者对母校文学院吕效平老师的专访。吕老师导演的《蒋公的面子》问世后一直很火。他应该会看到这张报纸,他也许会说:"孙卫卫,我的学生呢,他还一直在坚持写作。"如果有这句话,我会很满足。

家里阳台上种的那棵不知名的树又吐新芽了。上个月,看着活不下去了,我们给它换成营养土,还是不见生机,后来猜想可能是缺水,花草可以"见干见湿",树多一点水无妨,连续浇了几次水,终于起死回生,让人高兴。

成大事者都有过人之处

2013 年 6 月 19 日　星期三

重读高洪波老师的《唱片年龄》一书。同名散文《唱片年龄》回忆了当年在军营的心情,其中写道:"二十岁时,我们正年轻;后来成为我们妻子的姑娘们,比我们更年轻也更寂寞。她们不知道有一群士兵徒然发出怀春的叹息,像少年维特一样走来走去,她们更不知道月老是如何谋篇布局,安排自己的终身。"

1991 年,高洪波先生重访当年的大荒田军营,师长张又侠,是高洪波当年的战友。张曾任步兵排长,高是炮兵排长。文章写道:"又侠属现代意识极强的军人,目光锐利、视野开阔""刚见面他就问我,文艺界目前思考什么问题? 我一怔,张口结舌回答不出。又侠朗笑,说文化人不思考问题,那还成?! "

张又侠 1950 年生,祖籍陕西。现在是中央军委委员、总装备部部长。

能成大事者,都有过人之处。

谈起当年弟弟送我

2013 年 6 月 21 日　　星期五

晚上,和弟弟在晋老西吃面,说起 1998 年 11 月 22 日他在火车站送我的事。他说那天吃完午饭他就赶到火车站了,一直在进站口等我,想送送我。那时我们都没有手机、呼机,他只能死等。他说,迟迟等我不到,最担心的是我早进了候车室,他也进不去,等于白等,还好,后来终于等到了我。那天早上分手时,我跟他说不要送我。我问他等了多长时间,他说从下午 1 点算起,一直到看见我。当时南京每天始发到北京的火车只有一趟,是 K66 次,晚上八九点发车。我记得在江苏人民出版社吃完晚饭后,我才坐公共汽车到火车站,我弟弟至少等了六个小时。

收杜蕾寄来的《文化湖北》,印刷精美,在上面发表文章,感觉一定很好。

干什么都要专注

2013 年 6 月 23 日　　星期日

下午,到永乐西小区邮局寄书。买邮折《小蝌蚪找妈妈》,我想要十张,他们那里只有一张。

晚上,看央视刘建宏对贝克汉姆的采访。贝克汉姆提到一个词——专注。干什么都要专注,而这恰恰也是我所缺失的。

我好比一个唱戏的

2013 年 6 月 25 日　　星期二

陈巧莉发来短信,我才知道《文汇读书周报》上周已经发了她为我写的书评。谢谢编辑,谢谢巧莉。

中午,张在军老师来,他说随手从单位带了几本他编的书。我最喜欢的还是教育科学出版社出的《新课标新阅读》。还有一本《享受春雨:厉彦林配乐散文集》,我也很喜欢。

我多写散文,写高质量的散文,希望有一天也有人朗诵。

下午，周至中学尚向阳打来电话，聊起校庆的事，他说九四届里很多人都知道。我说我从事的写作，就像是唱戏一样，唱戏必须有舞台，我在舞台上演出，不想认识都很难。我演得好坏，倒是其次了。好多科学家他不用登台，有时候也不允许他登台，他取得的成就，我们能抹杀吗？我们应该敬仰这些人，看重这些人。

尚向阳和我同级，毕业后回母校教书，还教数学，而我最怕数学了。

我不喜欢的人

2013 年 6 月 26 日　星期三

下午，鲁院同学、四川南充的蒲灵娟打电话给我，说给她出书的责任编辑想找一个在媒体工作的人，帮助宣传一下她的书。她征求我的意见，如同意，再把我的联系方式告诉编辑。我说没有问题。她讲话小心翼翼，生怕打扰我，给我添麻烦。那一年，我们一起参加海天出版社的活动，她也给我留下了很好的印象。

有的人，你给他办事好像是顺理成章的，找你的时候，一点也不客气，简直就是命令。有的人，你辛辛苦苦帮他办好了，他一个谢字也没有，觉得这些都是理所当然的。老实说，这样的人，我不想再和他们交往。没有第二次了。

在网上看到武林兄又出了那么多书，我要向他学习。

《一盏一盏的灯》

2013 年 7 月 1 日　星期一

当当网上买的书到了，有《一
盏一盏的灯》。原以为这是吴非老
师的新著，收到一看，是青年教师
作品的合集，吴非老师是主编。在
编写人员中看到了周益民先生的
名字，先找他的两篇文章看，如听
他循循善诱讲课，如听他情真意切
讲故事，淡淡的，又如夏日里吹来
的凉风。翻看其他几篇文章，都很好，青年老师可以好好
读一读。

《苦难辉煌》也来了，我买的是大字版，上、下两册。
做事如果有红军的精神，真是没有不胜利的。那是一个
群星璀璨的年代，一个个英雄让我们敬仰。

弟弟发来短信，他已拿到公司接收函。本来要坐晚
上到南京的火车，没有买到票，只好明天走。

希望有好运

2013 年 7 月 8 日　星期一

看中国作家网第九届全国优秀儿童文学奖评奖办公室公告，评奖委员会会议将于 2013 年 7 月 8 日至 19 日在北京举行，而且公布了评委和办公室人员名单。我有《小小孩的春天》一书参评，真希望这一次自己能有好运气。

四百六十三部作品参评

2013 年 7 月 10 日　星期三

晚上回到家，看中国作家网报道，也是今天《文艺报》的新闻，7 月 8 日，第九届全国优秀儿童文学奖评奖委员会全体会议在京召开。中国作协主席、第九届全国优秀儿童文学奖评奖委员会名誉主任铁凝出席会议。中国作协党组书记、副主席李冰出席会议并讲话。中国作协党组副书记、副主席，第九届全国优秀儿童文学奖纪律监察组组长钱小芊出席会议。会议由中国作协副主席、第九届全国优秀儿童文学奖评奖委员会主任高洪波主持。报道说，今年参评作品达到了四百六十三部。本届评奖产生的初评作品将于 7 月 15 日至 18 日进行公示。15 日,即下星期一。

进入四十部大名单

2013 年 7 月 15 日　星期一

夜里睡不着,想评奖的事。12 点多,偷偷起来,打开电脑,看到中国作家网发布了关于公布初选作品的公告,但是一直没有名单。等到 1 点多,名单才出来。散文一共三部列入初选名单。高兴,我的终于进入四十部,散文组还有两本,徐鲁老师的《小鹿吃过的荻花》和韩开春的《虫虫》。

看后,似乎更睡不着了。

当当网上买的书送到。《喜欢书》五本,另两本分别是叶兆言的《陈年旧事》和张美红的《中韩现代儿童文学形成过程比较研究》。打开书才知道,张美红是王泉根老师的博士研究生,和许军娥等人是同学。

《今日中国》入选百种优秀图书

2013 年 7 月 16 日　星期二

晚上,《儿童文学》主编徐德霞老师发来短信,我和

张之路老师合写的《今日中国》被中央宣传部、教育部、共青团中央列为"2013年向全国青少年推荐百种优秀图书"之一。新华社昨天发了通稿，我下午在网上也看到了这条消息，以为和自己没有关系，只是匆匆看了一下书目，没想到我们的书也入选，算是一个小惊喜吧。

安兄发来祝贺进入初选的短信。昨天，四十部名单公示后，我们都在静静地等候消息。

终于获奖

2013年7月19日　星期五

中国作家网下午4点多公布了第九届全国优秀儿童文学奖获奖名单，《小小孩的春天》入选。

感谢评委，感谢师长，感谢朋友们的抬举。

我给同时进入初选名单、遗憾没能获奖的徐鲁老师发短信："虽然我得奖了，但是，写得像您那样好，依然是我的目标。"

1999年初冬，在武汉，我和徐鲁老师第一次见面，徐鲁老师当时正在主持《少年世界》的改版工作,赠送我他的多部散文集,还请我吃饭。那时候,我在报社工作,只是一个文学爱好者。

往事历历在目,近得就像从这个房间走到那个房间一样。

收到很多人的祝贺短信。我说,评奖的偶然因素很多,这次应该是碰到了和我气味相投的评委,获奖是新起点,要更加努力。下次一定是你。

写《我与全国优秀儿童文学奖》

2013 年 7 月 20 日　星期六

早早起来,写《我与全国优秀儿童文学奖》,可以说是一口气写完的。后发给南京益民兄,请他提意见。

中午,益民兄回复:"真实,真诚,很好。"他建议修改几处用词。

四十部名单公布后,益民兄就发短信祝贺我。我说,只是初选,2004 年我也有书进入终评,可惜没能得奖,希望这次有突破。他说:"进入这个名单已很不易,我们不唯奖,但奖也从一个侧面证明了一些东西,可贺。"

收到不少祝贺的短信,但是,对我来说,高兴这两天,一切必须从头开始。仰望那些大家,我还差得太远,这次获奖，只是运气好而已，不能说明什么。

下午，参加母校周至中学在北京的校友聚会。师姐刘利平看到我的博客了，她祝贺我得奖。中国现代文学馆原副馆长周明老师只知道我入选了四十部大名单，还不知道我得奖。我把结果告诉他，他也很高兴。

我没有一点骄傲的资本

2013 年 7 月 27 日　星期六

晚上，到单位拿信报，到西单吃陕西饭。

饭后，到北京图书大厦，直奔二楼匆匆看了儿童书和散文专柜。沈石溪老师在浙少出的好几本书都印到百万册了，真是了不得。

那些书，做得也漂亮。站在它们面前，想到自己的写作，我没有一点可以骄傲的资本。

年龄大了，心却越来越软，看电影《盲探》，有几处我不得不闭上眼睛，捂住耳朵，希望它赶紧演过去。高洪波老师早年写过一篇散文，是"文化大革命"期间学生用图钉打老师的事，我不敢想象，也不敢重读这篇文章。

回到家，已近 12 点。

喜欢《甄嬛传》里的槿汐

2013 年 7 月 29 日　星期一

京东网上买的三本书到了,分别是子聪的《开卷闲话七编》,彭国梁的《书虫日记三集》《书虫日记四集》。特别是后两本,《开卷》杂志公布出版消息和书影后,我隔几天就在网上找,今天终于拿到书了,高兴。

马弟发来短信:"你最爱的槿汐姑姑要嫁人了。"她知道我喜欢电视剧《甄嬛传》里的槿汐,在和我开玩笑呢。偶尔看《甄嬛传》,我一下就喜欢上她了。扮演者叫孙茜,是北京人民艺术剧院青年演员。

办出版社其实很容易

2013 年 8 月 4 日　星期日

下午,到原单位拿信报。孔夫子旧书网上买的《孙犁自叙》到了。最近买旧书不少,陆续会寄来,麻烦收发室和同事了。

收到西安未来出版社孟讲儒兄寄来的三本书,一本是《伊索寓言》,我很少见到这么漂亮的书,也许是我接触绘本少的缘故。确实,很好,值得珍藏。多出这样的书,出版社的品位一下就会上去。我一直认为,办出版社其实很容易,就是多出好书。高璨的《只将诗说给爱他的人》也很好,孟兄同时赠这本书的毛边本。

在视频软件上看球赛,北京国安二比零领先江苏舜天,后又开电视看,江苏舜天已经追了一个球,比分变成一比二,不久,又扳平,稍后,又反超。后来,国安进了一个球,追平,工体不败得以保住。对双方来说,这个晚上,心情都不会好,因为都有赢的可能,但是,煮熟的鸭子先后飞了。

习近平:历经沧桑仍怀有赤子之心

2013 年 8 月 5 日　星期一

妹妹发来短信,说昨天夜里做了一个梦,梦见我生小孩了,长得真像我,小鼻子小眼,穿着我妈给做的蓝色花花连体棉裤。她说,高兴得她都笑醒了。

中午,到骡马市邮局,寄书和报纸。取江西胡磊春先生寄来的《文笔》,一共两套,我一套,安武林兄一套。

央视网报道,7 月 11 日,习近平总书记来到三十多年前工作过的河北正定县,看望塔元庄村干部群众,就开展党的群众路线教育实践活动直接听取最基层的意见。习近平说,作风问题关系党的生死存亡。一个人不论活到多大岁数,最宝贵的是历经沧桑仍怀有赤子之心。

同样，我们党成立九十多年了，执政六十多年了，最宝贵的是要永葆青春、永葆生机活力。这就要不断改进作风，不断改革创新，保持党的先进性和纯洁性。

这么高级别的领导人讲赤子之心，我还是第一次听。

《孙幼军论童话》

2013 年 8 月 6 日　星期二

《书虫日记三集》《书虫日记四集》两本终于看完。感觉少了第一次看《书虫日记》时的那份惊艳，也许是篇幅压缩，很多事情不能展开的原因。这两本给我的印象，彭国梁先生除了买书、看书、会友，和人吃饭、喝茶、洗脚也是重要的生活元素。他似乎很少在家里做饭，经常睡得很晚，起得也很晚，一般人确实难以做到。我也惋惜他跟张晨分手。

京东网上买的书到了，大多是此次获全国优秀儿童文学奖的作品。向老师和朋友学习。

海豚出版社的书有三本，分别是《民国小公民读本》《桥》(手稿本)《孙幼军论童话》。后一本是"海豚学园"之一种，这套书已经出了多本，本本都值得珍藏。

《孙幼军论童话》是孙幼军先生关于童话理论的结集，多是书的序言、后记，还有书信和日记。孙建江先生笺注。谈创作的书，我更喜欢作家写的，因为有体会。孙建江先生也说，孙幼军童话思考最大的特质是实践性。

翻《文笔》2011年夏之卷，看到两幅书法作品，拙拙的，以为是古代哪位大家的，看文章，才知道是邱才桢的作品。第一次见，就喜欢上了。

网上有介绍：邱才桢，男，1972年生，江西临川人。毕业于中央美术学院中国书画史论与中国古代书画鉴定专业，文学博士。清华大学美术学院副教授，中央美术学院书画鉴定博士，九三学社成员，中国书法家协会会员。

晚上，继续整理书房，找到了1999年4月22日的《文艺报》，头版头条是第四届全国优秀儿童文学奖评奖揭晓的新闻。还找到了2000年的全国儿童文学创作会议的《会议须知》。

我这个人做图书馆工作，也是合适的，我喜欢收集资料。

《前言与后记》

2013年8月7日　星期三

下午，收京东发来的书。有一本是海豚出版社新近出的贾平凹的《前言与后记》，小小的开本，封面特别雅致，还是精装，让人爱不释手。等车的时候，或者在地铁里看，很方便。好像还有平装本，稍后，再买一本平装的，比较一下。

俞晓群先生主持海豚出版社工作后，出了一大批好书，似乎比当年在辽宁教育出版社还猛。他来北京多年，说好我去看他，已经约定了时间，都因为我突然有事，而取消。我现在都不敢再约了。

晚上继续整理书房。大面上整齐了。

张五常：对自己要有信心

2013 年 8 月 8 日　星期四

《读库》2013 年第 1 期发表张五常的文章《求学奇遇记》。他写道："求学读书，失败事小，被老师或朋友看不起事大。我认为一个青年如果看不起自己，万事皆休。想当年，读书考试屡战屡败，但失望中总是有老师或朋友看得起我。这使我在极端的失败中尊重自己，对自己有信心，一旦遇上机会，翻身易如反掌。"

晚上，和伍美珍等人吃饭。我一直叫伍美珍为大姐。她的女儿已经大学本科毕业了，我怎么也不会把眼前的她和当年那个小姑娘联系起来。大约八九年前，她跟她妈妈来北京开会，我在五洲大酒店见过她。

安兄送书多本。我把胡磊春先生寄来的《文笔》给了他。

接力出版社副总编辑周锦也住在西边，在地铁上，我们聊了一路。他是一个好青年。

"源创图书"

2013 年 8 月 13 日　星期二

到原单位，拿信报。

孔夫子旧书网上买的《孙犁文集》到了。百花文艺出版社 1981 年年底出版，第 1 版第 1 印，全套共五本。

收到了《梧桐影》，最后的"读者空间"有创意。一本杂志可以推动当地阅读风气的形成。

收吴法源兄赠送的《教师最喜欢的教育名言》。这本书前些天在网上看到，我想买的，今天就来了。朱永新编选，每一则都很耐读，如第 43 页爱因斯坦的话："学校的目标始终应当是：青年人在离开学校时，是作为一个和谐的人，而不是作为一个专家。"

看书后的预告，将来还会有《叶圣陶教育箴言》《苏霍姆林斯基教育箴言》《蒙台梭利教育箴言》出版。真希望年轻的老师都读一读这些书，做学生们喜欢的老师。

法源兄打造的"源创图书"，我家里已有很多本，可以专门集纳在一起了。感谢法源兄,他一心为老师策划书,是在做一件功德无量的事。

韩大星先生为我刻印

2013 年 8 月 16 日　　星期五

终于看到了韩大星先生为我刻的印章,他发在博客。2009 年,我偶尔看到他的作品,给他留言,表达我的喜爱之情,后来再没有联系。我期望有一天他能为我刻章,但是,这个念头不久就打消了。因为他的章是有价的,而且价格不低,我不好意思说。最近,我们联系密切。浏览他的博客,感觉其身上有一股燕赵豪侠之风。他能为我刻章,是我的荣幸。他为孙犁等大家治过印。

起关键作用的还是人

2013 年 8 月 19 日　　星期一

看 8 月 12 日《中国新闻出版报》第 4 版广告。几乎用一个整版刊登了上海书展各类活动出席的嘉宾和作者名字。密密麻麻,我是一个一个看下来的,发现了很多熟悉的名字,有的是我老师,有的是同行和朋友。以人为本，我觉得主办方做这样的广告很好。我们以前只注重活动本身，其实，起关键作用的还是人。

给《美文》杂志投稿。

束沛德老师回复

2013 年 8 月 20 日　星期二

从京东网买的《中国儿童文学大系·散文》收到。我最近集中买了很多散文的书。

给中国作家协会书记处原书记、儿童文学委员会原主任委员束沛德老师发去我写的《我和全国优秀儿童文学奖》一文，他发来邮件：

卫卫：

你好！大作已读，从中深切地了解到一个年轻作者热切期盼获得作协儿文奖的那份心情。由此，也越发深刻地意识到参与评奖工作所肩负的责任。无论如何，要力求公平、公正啊！《小小孩的春天》获奖可说是实至名归。我记得，今春读此作品后，写信给你时曾予以好评。如我当评委，也会投上一票的。

祝近好！

束沛德

我在文中写到了束老师："通过评奖，一些人知道了我。2004 年 11 月，在深圳举行的全国儿童文学创作会议暨颁奖会上，那一届的评委会主任束沛德老师邀请我到他的房间聊天，希望我多写好作品，他说评上评不上都很正常，只要是好作品，就不会被淹没。"

买老版本孙犁的书

2013 年 8 月 24 日　星期六

下午，到原单位拿信报。

终于收到了韩大星老师为我刻的印章。拿回家后，分别给它们找了盒子。在纸上盖，感觉很好。以后给别人赠书，也可以用这方印了。

收到孔夫子旧书网上买的很多旧书，有孙犁的《秀露集》，有《叶圣陶集》四本……

天津《今晚报》王振良先生寄来了《问津》总第 6 期，这是我特意问他要的，这一期是孙犁外孙女张璇回忆她外公的专辑，值得珍藏。

孙犁老版本的"耕堂劫后十种"，我有七本，除去早些年买的《曲终集》，都是最近从孔夫子旧书网买的。《晚华集》花四元，《澹定集》花十五元，《秀露集》花十六元，

《尺泽集》花二十五元,《如云集》花二十六元,《远道集》花三十元。余下的三本,网上有两本,但价钱奇高。

康德守时的故事

2013 年 8 月 25 日　　星期日

擦拭从孔夫子旧书网上买来的旧书。只有做完了这道工序,这些书才可以上架。

我和马弟讨论,我为什么每天老有做不完的事,以致写作时间很少。她帮我总结,说有些事情,我就不该揽过来。还有一些事,比如寄书、回复邮件,可集中一些时间做,不要每天都做,除非特别着急。

我想起了初中读过的德国哲学家康德的故事,说他守时,做事特别有规律,我应该学习他。

网上是这样描述的:康德生活中的每一项活动,如起床、喝咖啡、写作、讲学、进餐、散步,时间几乎从未有过变化,就像机器那么准确。每天下午 3 点 30 分,工作了一天的康德先生便会踱出家门,开始他那著名的散步,邻居们纷纷以此来校对时间,而教堂的钟声也同时响起。唯一的一次例外是,当他读到法国浪漫主义作家卢梭的名著《爱弥尔》时,深为所动,为了能一口气看完它,不得不放弃每天例行的散步。这使得他的邻居们竟一时搞不清是否该以教堂的钟声来对自己的表。

高者未必贤，下者未必愚

2013 年 8 月 26 日　星期一

给徐德霞老师发短信，建议将来出一本《〈儿童文学〉传奇》的书，写《儿童文学》是如何实现一步步跨越，乃至创造奇迹的。作者可在大学出版专业学生中选，作为他们的毕业论文。

7 月 5 日《报刊文摘》摘录北大教授陈平原在母校中山大学对同学的致辞："你们中的很多人，都将像我一样，'碌碌'而'有为'，只是无心或无望于仕途。若真的这样，请记得，只要把眼下的工作做好、做精、做透、做到登峰造极，管他是什么级别，母校都会欢迎你，替你骄傲，为你喝彩。因为，这是一所把'做大事'看得比'做大官'还重要的大学。"

陈平原还说："对于一所大学来说，能出大官很好，能出巨贾也不错，但最理想的，还是培养出众多顶天立地、出类拔萃的大写的'人'。"

孙中山先生有一句名言：立志要做大事，不可要做大官。

白居易曾在《涧底松》一诗中写道："高者未必贤，下者未必愚。"生活中，这样的例子还真不少。我们要真正结交那些有贤德的人，而不被职务、名头所迷惑。

集中读了樊发稼老师的博客，他经历了很多风风雨雨，有很多人生经验和总结，值得我们学习。也感叹他"老骥伏枥、志在千里，烈士暮年、壮心不已"的情怀。

他说："我观北京电视直播，解说员百分之百持国安立场，有时很过分，我只好将电视置于'静音'状态……记者作文、电视评说，总应客观些为好。"

因为这个原因，我也不喜欢看北京体育频道的那几个解说员，北京什么都好，犯规也好。护短到如此地步，让人不悦。

我是侥幸走到现在

2013 年 8 月 29 日　　星期四

王蓉发来短信，她又回新闻出版行业了，现在金华日报社工作。2007 年，她曾在我所在的总编室有过短暂实习。

给老家一朋友发短信，希望他的孩子不要沉湎文学太深。我说，我是侥幸走到现在，和我们一起的，我之后的，有多少人都跌倒在文学路上，说文学害人也不为过。现代社会，要争取上大学，有一个可以维持生计的工作，再谈文学。

给吴双英发短信，祝贺他荣任湖南少儿出版社副社长。网上查看，应该有些日子了，而我刚刚通过报纸知道这个消息。

晚上，在要送马弟同事的书上签名，第一次盖韩大星老师为我刻的"卫卫敬赠"印，感觉很好。

程玮:《我的"文学名片"》

2013 年 8 月 30 日　星期五

昨天晚上，把写樊发稼老师的稿子通过电子邮件发给他，请求审定。上午，收樊老师的回复，他没有改动。他在邮件里说："几年前，青年女作家、评论家李东华写过我，文发《文艺报》，我曾戏言这是我生前读到的一篇极好悼文。卫卫这是又一篇。"

能得到这一赞赏，足矣！

下午，回原单位拿信和报，孔夫子旧书网上买的很多旧书也来了。最先打开的是周至老乡王恺先生寄来的印章，两枚，"卫卫敬赠"和"孙卫卫"，我更喜欢"卫卫敬赠"这个。他还赠他的绘画作品一幅，应该是兰花吧，题有"真水无香"四个字。

看《中国当代儿童文学作家小传》(樊发稼、林焕彰、何紫主编，湖南少年儿童出版社 1992 年 1 月版)，按年龄大小排序，程玮排在最后一个，是里面最年轻的作者，

1957 年生。她的这篇文章叫《我的"文学名片"》。

她写道:"最敬重的前辈作家——陈伯吹老人,他不仅是我文学上的良师,也教导我如何做人。数年前,在一次颁奖会上,他得知我即将结婚,曾关切地问我缺不缺钱花,并殷殷嘱咐说,一个作家在任何时候都不能为钱去写作。这句话我将铭记终生。我不能保证我永远不会为钱写作,但我可以保证,我永远不会为钱去写一个字的儿童文学作品。"

诚信的重要

2013 年 9 月 5 日　星期四

《弟子规》总叙是这样说的:"弟子规,圣人训,首孝悌,次谨信。"可见信的重要。

京东网上买的书送到。

中国作协创联部郑函打来电话,问我能不能参加过些天将要召开的全国青年创作会议,我说没有问题。我说:"谢谢你们给我机会,以前想参加都参加不了。"

与安徒生奖对话

2013 年 9 月 11 日　星期三

6 点多起床，在电脑上写了一段话，发给新华社记者璩静，也算是接受她的采访。

7 点 30 分从家出发。一路着急，担心迟到。还好，8 点 45 分出永安里地铁。小跑到宝钢大厦中少社的大厅，曹文轩老师、葛竞也是刚刚到。

进会议室才发现，今天会议的主题是：与安徒生奖对话——中国儿童文学的国际视野座谈会。

这么大的题目！我原来以为只是国内的作者坐在一起聊聊。

国际安徒生奖评委会主席玛利亚·耶稣·基尔女士也来了。

提问环节，我提了一个问题："请问玛利亚主席，您分析中国作家至今没获得安徒生奖的原因是什么？中国作家要想获得这个奖，除了作品质量，还能做别的什么？"

坐在后面的中少社的编辑们笑了，我估计这个问题他们昨天也问过。

中少社《幼儿画报》承办此次活动，他们的 PPT 做得真漂亮。介绍每一个人的时候，都把他的主要作品的封面放上去。深深吸引住了我，以至于介绍我的时候，我都忘了站起来，真是失礼。

巴西插画家罗杰·米罗说得好，对话的理想状态是冲突与和谐。我们有时候和谐多，冲突少，或者一有不同意见，就脸红脖子粗，风度不够。

还见到了高洪波老师，他说："祝贺卫卫，新科状元呀！"我很不好意思，忙说："谢谢，谢谢！"

博库买自己写的书

2013 年 9 月 18 日　星期三

博库书城买的书送到。我的《想成为别人家的孩子》，本来订了六本，却发来五本，另一本是殷健灵的《靠近你，靠近我》，我们两本书属于同一套书，封面颜色又一样，发货的人肯定误以为是同一本书。正好我没有这本，收下了。

晚上 11 点 15 分，亚冠比赛，广州恒大客场对卡塔尔莱赫维亚。明天还要上班，我只看了上半场。

全国青创会报到

2013 年 9 月 23 日　星期一

上午，和《儿童文学》副主编王苏在网上说话。我说，我实事求是说自己不行，别人老说我谦虚，我都没办法再解释了。

下午 5 点多，到京西宾馆报到，未来两天将参加全国青年作家创作会议，同时参加全国优秀儿童文学奖颁奖典礼。我不知道别的代表是否拿着会议通知到单位能请来假，我不好意思跟领导开这样的口。我还有一周的年休假，其中三天用来开这个会。

到房间不久，韩开春先生打来电话，到我屋小坐。我们后来一起看吴然老师，吴然老师赠一大包他的老版本书给我，给老安的让我转给他。

晚饭后，去王勇英屋，汤萍也在。后来，老安从外面吃饭回来了，接着是湘子兄、牧铃老师来，赵华也来了，还有麦子和莫问天心。刚才在电梯里，盯着我看，并问我是不是孙卫卫的原来是麦子，她说经常看我的博客。

有老安在场，那自然是很热闹的。

后来，我和老安又到张之路老师房间聊天。

晚上，回家。

颁奖之夜

2013 年 9 月 24 日　　星期二

早上，在饭厅见到之路老师，他说安武林昨天夜里给他打电话问他手机是不是落在他屋子了。我说不会掉在王勇英他们屋吧。张老师说："不会，在我屋，他手机响了，你给他，我看到了。"我想起来了，有这一幕。

看来，一定是遗忘在出租车里了。

老安已经丢了好几部手机，那年在鲁院，晚上大家一起唱歌，后来看不到他，门里门外，他在找他的手机，也是没有找到。

在饭厅看到了刘绪源老师，他也看到了我们，过来聊了一会儿。还看到了曾小春兄，也打了招呼。

上午，是青创会开幕式。记住了王蒙的话——潜心写作。将来要把这句话写在纸上，挂在我的书房。

李冰书记、铁凝主席的讲话，都很好。

上午的会结束后，上十七楼，曹文轩老师等人都到了。这次青创会和儿童文学奖颁奖会一起开，有的像我一样，既参加颁奖会又参加青创会，而曹老师他们只参加颁奖会，但是住在一起。他们集中在十七楼。

又聊了会儿天。左昡为他们出版社录作家们祝贺的话，我们退到了一边。

我是中直系统代表，邱华栋是我们的领队。下午，我要去参加彩排，提前向他请假，也是第一次和他打招呼。他赠我他的新书一本，《桃灯看剑》，麒麟传媒·尚书房策划。

下午 1 点 30 分在大厅集合，去国家大剧院彩排。在大厅，先后和贺晓彤、张燕玲、包明德等评委老师打招呼。以前,做记者的时候,见过包先生。贺和张都是第一次见。

走了一下台,就回来了。

多了一张票,给马弟发短信,希望她晚上能来。

晚饭,我和老安坐在靠近门口的一张桌子,没想到铁凝主席也在我们这个桌子吃饭。老安飞奔着拿书,要请她签名。铁主席说先吃饭先吃饭。老安早没影了。

晚上,到国家大剧院参加第九届全国优秀儿童文学奖颁奖典礼。没有主持人,宣读颁奖词的嘉宾类似主持人。从开头到结尾的是中央少年广播合唱团的童声合唱。看孩子们唱歌,我有要流泪的感觉,我喜欢这些纯真的孩子。

诗歌和散文获奖者被安排在一组,我和武林兄又站在一起。我们同时获奖,已经很难得,今晚,又出现在同一张照片里,是冥冥之中的事吧。

为我们颁奖的是中宣部副部长翟卫华先生和著名儿童文学作家金波老师。翟副部长说,谢谢你们为孩子们写作,我说,谢谢翟部长。金波老师说,祝贺卫卫得奖。我说谢谢。我应该说,谢谢金波老师高风亮节,把奖让了我们。上次见金波老师的时候,说过这句话,今晚一激动,只知道说谢谢。

再一次谢谢各位评委,谢谢师长,谢谢朋友。

晚上整 10 点,益民兄发来短信:"卫卫的幸福之夜。"我回复:"一切归于平静,从头再来。"

那个漂亮的奖牌,那个获奖证书,我准备把它放在抽屉里,我要忘掉得奖,因为我写得还不够好,也不够多。和参加青创会的很多代表比,我差得很远。

会议结束了,心里空空的

2013 年 9 月 25 日　星期三

上午,继续开会。每个人讲得都很好。散文作家周晓枫很少看稿,看着大家的眼睛,真正是在和大家说话、交流,这很难得。左昡代表儿童文学作家发言。她的发言有助于让大家重新认识儿童文学。

媒体对儿童文学奖和青创会的报道陆续出来了。

上午开完会,我正在房间,单位的张姐打来电话,说看到我的照片了,一下子没有认出我,倒是认出了光头安武林。我说,我本来想穿格子衬衫,他们有人说,太随便了,只好套上了一件夹克,换上了一双皮鞋,我原来穿的是休闲鞋。

昨天彩排后,张之路老师说,你既然特别看重这个奖,就应该穿得正式一点。他的话也有道理,我穿休闲装习惯了。那个时候,取正装也来不及了。

午饭前,陕西作家梦野、范超来,我们聊了一会儿。

下午,去会场,又碰上了铁凝主席和她的秘书,我把我的一本《喜欢书》送给了她。上午开完会也是乘坐一个电梯。

下午,中共中央政治局委员、中央书记处书记、中宣部部长刘奇葆同志做总结讲话。

邱华栋兄赠书多本。他说:"你看了那么多书?"我说我看书是蜻蜓点水,我看外国书太少。

打车回家,开着灯,却没有人,等了一会儿,马弟回来,原来她帮我买报纸去了。可是,《京华时报》《北京晚报》《法制晚报》都没有颁奖会的报道。

看中国作家网,我的那张领奖照片,还不错。

会议结束了,心里空空的。

见殷健灵

2013 年 9 月 26 日　星期四

上班。

给参会的好几个人发短信。这次没有和他们好好聊天,确实很遗憾。

晚上,和安兄一起见殷健灵。哈哈,她的眼睛真大。上次见她是 2000 年,也没有说什么话。我送她《小小孩的春天》,她送我最近在新蕾出版社出的两本书,并在我带的她的一本书上签名。

是在她住的附近吃的素食。我第一次吃这样的饭。很多菜做的有肉的样子，吃到嘴里又不是肉，感觉怪怪的。既然是素食，就没必要模仿成外面的菜，回归本色多好。

认识了苏州的王道和他的爱人，他答应给我和老安做藏书票。

我怎么不好拒绝别人呢

2013 年 9 月 29 日　星期日

《中国教育报》王珺约稿，我一答应就后悔了，我要校对海天出版社的《书香·少年时》，还要写"熊小雄成长记系列"，真没时间了。

我怎么不好拒绝别人呢？

晚上，和施亮老师、王林兄、西渡兄、武林兄吃饭。我们说话，施老师大多听不见。分手时，我让他等我一下，他以为我要和他告别，就和我说了再见，扭头要走。他还没走几步，红灯就亮了，我只好在这边站着，跟他挥手，目送他朝家的方向走去。

伤感又一次涌上心头。

母校周至中学七十周年校庆

2013年10月6日　星期日

全天加班。

今天是母校周至中学建校七十周年。上午，尚向阳老师打来电话，他说赵勇老师要跟我说话。赵老师说看到我的贺信了，希望我把工作做好。我最早到周至中学是九四四班，赵老师是我们的班主任，交完学杂费在他那里注册，我一直记得清清楚楚。大约两周后，班级大调整，我们班的人就整体被调到九四三班了。

他教代数，第一堂课，从当年高考数学试卷选了一道题目让我们做。对于刚刚经历中考的我来说，做高考题真是老虎吃天无处下爪。有一些人会做。

感谢赵老师还记着我。

昨天下午，母校陈育康校长打电话给我，说我参加不了校庆，能否写一贺信。我不假思索就答应了。对于母校，我一直心存感激，这正好可以给我一个表达对母校感恩的机会。

写完后，发给何举老师。我跟他说，别太花哨，还是低调一点为好，最好打印在纸上贴在橱窗就行。我担心他们弄得太大。

十年一庆，下一个十年，我将彻底告别年轻，真的不敢去想。

我不好意思再转帖

2013 年 10 月 9 日　星期三

写铁凝主席的文章,很多人点击。同题作文,武林兄那篇更好玩。这也是没有办法的事,我就是这样的人,人一板一眼,文章也不活泼,用刘绪源老师的话说,还是太老实了。

给陈巧莉发短信,说明没有转载她博客上写我文章的原因。她写的都是好话,我不好意思再转帖。我想,看我博客的人,也不喜欢看到的都是别人称赞我的话。

《我的书生活》

2013 年 10 月 23 日　星期三

中午,樊发稼老师打来电话,问我国家版权局怎么走,他说明天要到那里开会。我说了线路后,建议他打车,樊老师说好。我后来想,樊老师一直是绿色出行,他肯定不愿意打车,我又到网上帮他查到了一条比较便捷的公交线路,通过手机短信发给了他。

买《新华字典》(大字本)。我有新版的大字本,不知道放哪里了，只好再买一本。还买了《通用规范汉字字典》和谭旭东兄的《我的书生活》。

旭东兄在书中写到了湖北少儿社的刘春霞编辑。据旭东兄说，2006 年，他把湖北少儿社做"百年百部中国儿童文学经典书系"的想法告诉一个出版社的老总，那个老总说，"编辑简直是脑子进了水"。事实证明，当初一些人不看好的这套书最后还是立了起来，成为一些社做书的榜样。

马弟说，身边的人、一个圈子的人、一个档次的人，如果是真心祝贺你，你应该珍惜，因为，对祝贺的人来说，确实难得。很多时候，我们可以毫不吝啬地去祝贺莫言，祝贺李娜，祝贺与我们很遥远的人，但是，却常常不能真心去祝贺身边的朋友和同事。

铁凝主席赠书

2013 年 10 月 25 日　星期五

晚上和安兄、禹田文化传媒李朵见面。我送安兄书三本，其中一本是《京华漫步》，北大教授佘树森所写。安兄说这本书他有多本，又退给了我。他说："我以为你会给我带很多书呢，结果只有这几本，有点小气。"我说我很长时间都没有去旧书市场淘书了。

安兄送书两本：1983年人民文学出版社的《孙犁文论集》、1954年作家出版社出版的孙犁的《采蒲台》。特别是后一本，很珍贵。

前些天，安兄把我们两个写的和铁凝主席一起吃饭的文章寄给铁主席，她回赠我们每人一本她的签名本，是前些年在二十一世纪出版社出的《名家寄小读者：与陌生人交流》。这本书，安兄晚上带来了。铁主席在扉页写道："请孙卫卫批评 铁凝 2013·秋。"

我喜欢做事爽快的人。我以前拖拖拉拉，现在好多了，但是，跟那些马上就办的人相比，还是有很大的差距。

回来后，在原单位拿信报。我才知道，《中国少年报》已经变成杂志了。我上小学和初中，都订过这份报纸。

国家队这么牛就好了

2013年10月26日　星期六

整理书房。回复邮件。

中午吃饭的时候，看了一会儿《三国演义》，是群英会蒋干中计。这个故事也是不忍心看的。我们局外人觉得蒋干真傻，两次过江，两次中计，成事不足败事有余，他自己是没有觉得的。今天，这样的人还不少。我们得小心自己也成为这样的人。

晚上，马弟想去西单的汉光百货，还要我跟她一起去。我正在看亚冠恒大客场对韩国首尔的比赛，本不想去，后来想，今天不去，明天可能还得去，与其明天花整块时间，不如晚上去，人还少。我说去可以，但是，我去书店，不去商场。她同意。

北京图书大厦晚上9点关门，我一直看到要关门才去结账，买书十八本。

蹲在地上挑书，听营业员说比赛是二比二。回家路上，让马弟用手机上网看，证明营业员说的没错。什么时候，中国国家队这么牛就好了。

马弟说，你早应该改一改了

2013 年 10 月 27 日　　星期日

上午，回复邮件，写信封，准备给人寄书。

我跟马弟说，我应该每天一回到家就写作，而不是把大块时间都用来回复邮件，给人寄书。这些事要做，也有必要，但最好是在每天写作之后进行，除非特别着急，否则，写作计划总是不能完成，时间一长，自己对自己都没信心了。

马弟说，你早应该改一改了。

小书到了台湾

2013 年 10 月 30 日　星期三

吴然老师晚上发来短信。他说不久前，他给台湾儿童散文名家谢武彰先生介绍我的《小小孩的春天》，谢先生刚刚给他打电话，说在台湾卖大陆书的书店买了六本，分赠给他的朋友冯辉岳、林焕彰、林芳萍等欣赏。我回吴老师短信："我手头有一些样书，天南海北、台湾香港，您的哪位朋友需要，您开名单，我寄，让老师们破费，我很不好意思。"吴老师说，不是破费，是喜欢，掏钱买自己喜欢的书，这个姿态好。

谢武彰、林焕彰先生的大名久仰，都是我崇敬的先生。冯辉岳、林芳萍老师的名字是第一次听，我在网上搜索，才知道他们都是台湾知名儿童散文作家，出了不少书。我的书能走进他们的书房，我感到荣幸，也很忐忑。我是希望得到他们的赐教，但是又怕他们说，写的是什么呀，这么差。

不管怎么说，我都很感谢吴然老师的鼎力推荐。

老安捧我的奖牌照相

2013 年 11 月 1 日　　星期五

安兄说他从昨天开始，一直去医院挂吊针，是湿疹，很严重，还说以后什么酒、螃蟹等带壳的东西都不能碰了。我说："湿疹和吃喝无关吧？我估计可能是买旧书过敏了。"

他哈哈大笑。

我们两个经常有很好玩的事，我也屡屡拿他开玩笑。比如，前些天发给他在颁奖会上的照片，有几张，他的表情很好，难得的好，但是，一看奖牌，全是我的，没有一张是他的。看到照片，他说："我怎么抱的是你的获奖证书啊？"

我说，那个时候我都没在现场，里面发生了什么，我全然不知。

我和他约定，星期日去他家淘书。

再到安兄家掠书

2013 年 11 月 3 日　　星期日

上午 10 点从家出发，去安兄家掠书。

可能是昨天雾霾，今天很多人都出来了。路上看到几起交通事故。

到安兄家，已经12点。他在小区附近的路边接我，也是给我指路。

一进家门，和嫂子打过招呼，直奔地下室。哈哈，我曾经在这里住过一晚，但是，这次看，感觉好像换了房间，是他的床还是桌子变动了位置？反正整个地下室都很陌生。

安兄递给我两本孙犁的书，一是孙犁老版本的《白洋淀纪事》，一是金梅写的关于孙犁的书。后一本我有，留给了他。

我先挑安兄堆在地上的书。挑了一会儿，嫂子喊着吃饭。吃饭，我也是狼吞虎咽，惦记着楼下的书。匆匆吃了几口，他们在那里聊天，我继续下楼去挑。

地上挑完后，我看书架上的，安兄的书架正在整理，再加上他放的都是双层，我只能看个大概。看得我眼睛放绿光，他说，你如果喜欢就拿上。安兄虽是这么说，但是，他心里肯定很忐忑，也许在祈祷"你千万别拿走"。所以，架子上的书，我拿得都很少，除非是复本，除非我特别喜欢，像20世纪80年代末的《少年文艺》两本，还有佘树森谈散文的那本。我知道架子上的书，都是安兄的珍爱，所以，我看多拿少。当然，安兄明确给我的，我也来者不拒，收入囊中。

回到家，统计了一下，一共九十二本，上次去他家掠书是 2008 年 11 月，那次只带了五十多本。

问庄之明老师要书

2013 年 11 月 6 日　星期三

给庄之明老师发短信，希望得到他新出的一本评论集。这本书是前些天在安兄家看到的。庄老师说没有问题。

和庄老师联系上，得感谢樊发稼老师。昨天晚上，他发来一封有庄老师手机号的短信给我，我以为要我做什么事，忙回短信过去，樊老师说发错了。庄老师的号我顺手存了。

知道庄老师的名字，是通过《全国中学优秀作文选》杂志，大约是 1988 年，在某期的封二，有他的照片和简介。庄老师长期担任《中学生》杂志主编。那时候《中学生》还是小 32 开本，我订阅了很多年。

孙犁说童年

2013 年 11 月 7 日　星期四

读孙犁《澹定集》，有一篇是《答吴泰昌问》。

吴泰昌问："您最喜爱自己的哪几篇作品？为什么？"

孙犁答："现在想来，我最喜欢一篇题名《光荣》的小说。在这篇作品中，充满我童年时代的欢乐和幻想。对于我，如果说也有幸福的年代，那就是在农村度过的童年岁月。"

书房顶天立地起来

2013 年 11 月 10 日　星期日

把一些不常看的书，放在了书柜的最顶层。这样，我书房的十一个书柜上面都放了一层书，可以放不少。我的书房也从此顶天立地起来。其实，当初设计的时候，就应该利用好最上面的空间。那时确实没有想到。

准备再买一把更高的梯子。

木秀于林，风必摧之

2013 年 11 月 22 日　星期五

早上起来，看到未来出版社孟讲儒兄的短信，他说"陕西儿童文学作家方阵"丛书准备启动，希望我能参加。

短信是晚上 12 点 4 分发的，那个时候，我已经关灯睡觉了。

我支持这一创举，我真心希望家乡的出版社多出原创儿童文学作品。

我曾经工作的《中国新闻出版报》今天发了我的同事、记者涂桂林写我的文章。退休的赵进军老师看到后，发来短信，问候我。她说居然不知道我写作。她在的时候，我确实没怎么写，发的也少。我曾经写过文章，感谢她，后来收到书里，我问给她寄了吗，她说没有。她退休的时候，我给她送过一张卡片，不舍她离开报社。她走的时候，对我说过一些话，其中记得最清楚的是："木秀于林，风必摧之。"

这个中午，脑子短路

2013 年 12 月 3 日　星期二

李向群老师发来了《书香·少年时》的封面，一共两个，我觉得棕色那个更好。李老师说这本书月底就可以出版，但我估计拿到手得明年一月份了。

中午，去邮局寄书。先是从单位走到牛街邮局，里面人多，心想排队到什么时候。只好去骡马市邮局。坐 5 路车，想少走一点路，比往常多坐了一站，才发现这一站更远，提着一袋书又走了回来，看不到邮局，原来这片地方都被拆了，恨自己在车上怎么就没有注意，白白往返了。附近大一点的邮局在和平门，本来可以穿过地下通道到马路对面打车，我傻乎乎又走到了菜市口十字南面，在那里，还是等出租车。这个中午，脑子短路。

我尽量不给别人添麻烦，别人找我办事，我做不到的，要敢于承认自己的"愚笨""无能"和"不会灵活"，这是我做事的原则。

网上买的汪曾祺作品的大字本送到。中国盲文出版社出版。我像老年人一样，喜欢这样的大字本。

我曾上过封面

2013 年 12 月 4 日　星期三

福建泉州张家鸿先生给我发来纸条："卫卫兄，《全国中学优秀作文选》是否是江苏出的一份中学生杂志？如果是的话，我多年以前即高中生涯里就是一直读这份杂志成长的，好像这个杂志还评'全国十佳文学少年'，把每个文学少年的照片放在封面，斜挂一个绶带，让人很是羡慕。不知是不是呢？"

哈哈，我告诉他，我上过封面。那是将近二十年前的事了。

书魅文丛（第二辑）·喜欢书二编

大学同学

2013 年 12 月 5 日　星期四

回复大学同学魏小题邮件:"你都好吧? 我的《喜欢书》送过你吗? 去年开十八大,曹苏宁来北京,有一天晚上吃饭,你在吗? 对了,你好像不在,是马蕊在。"

魏小题回复:"哈哈,在啊,你就记得马蕊了。书有,就在书架上。年后希望有时间见。"

即使在同一个城市,我们也不是经常见面。

看《大众电影》

2013 年 12 月 9 日　星期一

看《中国新闻出版报》,中国少年儿童新闻出版总社原社长海飞先生获得宋庆龄樟树奖,我发短信向他表示祝贺。这个奖,我留有深刻印象,我上初中的时候,《中国少年报》报道过获奖消息。

下班后,到北京图书大厦,想买一些关于国家治理的书,没有。到杂志专柜,还是没有《大众电影》。我近期在看旧的《大众电影》杂志,突然想看新的,它是什么样子? 当年看《大众电影》,主要是看美女。

每次到北京图书大厦，对我的心灵都是一次洗礼，我告诉自己，要静下心来，好好写作。

以后，可以早点睡觉。晚上 11 点前洗漱，11 点上床。早上起来早一点，避开地铁的早高峰。

弟弟的短信

2013 年 12 月 10 日　星期二

弟弟发来短信："哥，昨天又翻了一遍《小小孩的春天》，发现一个规律：凡是我出现的，都是听话的、合作的；凡是我姐出场的，都是调皮的、不合作的。哈哈。"

弟弟平时发给我的短信，都是严肃有余，活泼不足，句句客气，经常说谢谢，我也早已习惯了。收到上面这条短信，我对着号码看了又看，怀疑是不是他发的。

他们都是人杰

2013 年 12 月 12 日　星期四

中午，想去北京图书大厦后面的中国书店看看旧书。已经有五年时间没有来这个地方了，一边走，一边思忖：那个书店不会不在吧？远远看到"中国书店"四个字，放心了,加快了步子,走近看到门上挂有一个小牌,上面写着正在内部整理,16号才开门。

下次再来,又不知道是什么时候了。

后又去北京图书大厦,买书多本。

晚上看央视经济年度人物颁奖典礼,因为我弟弟学习经济,最早是在他的影响下,我看这个节目的。一晃都十多年了。能把一个公司治理好,真不容易,他们都是人杰。我给弟弟发短信,请他晚上也看一下。

《童书识小录》

2013 年 12 月 13 日　　星期五

海豚出版社眉睫说,他已经将他的《童书识小录》毛边本托李宏声给了安武林兄。安兄问怎么给我,我说先放他那里,下次见面带上。

想先睹为快,今天还是在网上买了一本。这本书,无论是开本还是内文设计都很雅,是我喜欢的那种。徐鲁老师的评点也很到位,有称赞,有期许。这本书,也是海豚社众多优质书的代表。

网上买的《千帆身影》也送来

了。这是程千帆先生的女儿、我的老师程丽则女士编写的。看到熟悉的人和事，真是感慨万千。程先生已离开我们十三年了。

深圳购书中心关门

2013 年 12 月 14 日　　星期六

媒体报道，深圳购书中心已于 12 月 1 日关门，网上书店同时停业，实体店将转型做其他行业。我 2008 年 11 月去过这家店，选了很多书，要结账时，给白天接待我们的深圳出版发行集团陈总打手机，希望能打个折。他说这个书店不是他们开的，这个是浙江新华书店周立伟开的，他们的是深圳书城。没能打折，我还是买了一些，书的品质都很好，选好的不舍得丢下。

晚上，看嫦娥落月直播。后又看世俱杯（国际足联世界俱乐部杯的简称）广州恒大对埃及阿赫利队。我跟马弟说，我只看上半场。上半场看完，躺在床上睡不着，又起来看了下半场。还好，两个球都是下半场进的。虽然关掉了声音，但可以想象解说员在进球的那一刻会很激动，声音会提高不少。几天后再对拜仁慕尼黑队，北京时间是凌晨 3 点多，我估计看不了了。

书香之家

2013 年 12 月 16 日　星期一

不要轻易麻烦别人。人情最不好还。能用钱买的,都不要欠人情。

全国首届"书香之家"名单公布,很多名字我都熟悉。我当初鼓动老安去申报,他可能觉得麻烦没有去报。名单只是沧海一粟,更多的书香家庭如天上的星星,不声不响,构成书香中国灿烂的星空。

真希望读书的人多一些,不管是在城市还是乡村。

说漏了嘴

2013 年 12 月 19 日　星期四

收当当网送来的书,大多是有关程千帆先生的。

没想到希望出版社出的梅子涵老师的绘本这么大,我以为是普通 32 开呢。我希望有一天我的作品也能做成绘本。

看网上的文章,我突然明白前些天为什么薛原先生的博客宣传姚峥华新出的《书人·书事》,旁边放一本胡洪侠的《书情书色》,原来他们是夫妻。

从其他人的博客看到,我的《小时候的邮电所》获

"邮政情缘"征文二等奖。如果不是看到公布的名单，我都忘记曾经投过稿。晚上跟马弟说漏了嘴，我原本只想告诉她获奖的事，一高兴，连奖金多少也说出来了，其实，我是打算偷偷用奖金买书的。

回报社办事

2013 年 12 月 23 日　星期一

上午，到我曾经工作的新闻出版报社人事处，开一个证明。

有近三年没有踏进报社的院子了。附近变化很大，从报社南边去十里河的路已经封了，拔地而起的是一座座高楼。报社的大门也开到了北边。在门卫那里看到了原来的司机陈师傅，要不，我进门得要登记，保安估计已换了几茬。

我去的时候，是开编前会的时间，记者编辑都在会议室。在三楼见到了办公室的几位同事，取了证明，就下来了。

如果不是赶着上班，我真想多停留一点时间。我在报社工作了将近十二年，其中在小武基这座红楼就工作了九年。

晚上，到原单位取信和报。收束沛德老师寄来的《情趣从何而来：束沛德自选集》，甘其勋老师寄来的《甘其勋自选集》。写高洪波老师的文章发在《福建文学》，这是我第一次在这个刊物发表文章，感谢小山编辑。

二十年前的《美文》杂志

2013 年 12 月 25 日　星期三

中午，给妈妈打电话，晚上做梦，梦见她了。

翻看 1993 年第 7 期《美文》和 1993 年第 11 期《中国校园文学》。这一期《美文》有韩小蕙的《写在林焕彰儿童诗研讨会上》，其中写道："比如樊发稼同志，是他和夫人刘曼华一起，把这本《林焕彰儿童诗选》从繁体字一笔一画地抄成简体字，又到处联系出版社……"

《中国校园文学》发的萧道美先生的《第四十一个》，是我曾经喜欢、现在依然难忘的作品。

1954 年的《少年文艺》

2013 年 12 月 26 日　星期四

今天是毛泽东同志一百二十周年诞辰。1993 年第 12 期《女友》杂志做了一个关于毛泽东一百周年诞辰的专题,所以,这个日子我记得特别清楚。转眼高中毕业快二十年了。我们毕业的时候是 1994 年。今天的学生看我们,感觉是那么遥远,就像我们当年觉得二十年前也很遥远一样。

上午,收刘崇善老师快递来的老版《少年文艺》杂志一本。这是 1954 年 5 月出版的,总第 11 期。上面有刘老师的一首诗《金达莱》,他一直保存着。不久前,我在他博客留言,他割爱给我,让我感动。当年的定价,每册一千四百元(系第一套人民币,1955 年开始发行的第二套人民币和第一套人民币折合比率为一比一万)。我最喜欢的还是其中的插图,每一幅都很精细,属于连环画白描的那种。

张老师赠作代会的包
2013 年 12 月 29 日　星期日

晚上,和张之路老师、武林兄见面。张老师赠他新出版的《永远的合唱团》,武林兄赠孙犁的《村歌》和有张老师作品的老版《儿童文学》杂志,还带来了眉睫兄赠我的《童书识小录》毛边本和闲书友兄送我们的《书人·书事》。《书人·书事》是闲书友兄买的,让作者给我们签了名。买签名书送人,也是雅事。谢谢闲书友兄。

张老师送我们两个书包,大一点的被安兄抢先要了,我到后,安兄要让给我,还说让我重新挑,我怎能掠人之美,我说:"还是你拿吧。"

回到家,看到我的包上有"中国作家协会第七次会员代表大会"的字样,我觉得这个更好,有纪念意义,虽然我没有参加过那次大会。

期盼明年会更好

2013 年 12 月 31 日　星期二

2013 年的最后一天,和往常一样,就这样平平常常过着。

我看到网上有很多人在总结过去的一年。我过去的一年,有遗憾,但收获还是大于遗憾,是难忘的一年。

叶兆言说:"如果我们能在意识到时间之后,再彻底把时间给忘掉,其实比什么都好。"

希望明年如此。

顺丰快递发来短信,从深圳寄来的某某号包裹得推迟到 1 月 1 日 12 点前才能送到。这是海天出版社李向群编辑给我的《书香·少年时》样书,我特意让她用顺丰,原想今天可以拿到,作为献给新年的一个小礼物。看来,只好节后再见真容了。

希望 2014 年写得好一些,写得多一些。

跋一　喜欢就是理由

经常有人问我,你怎么那么喜欢书? 我说,就是喜欢,没有什么原因。

两年多以前,我曾为《喜欢书》写了如下的跋,记述了那本书诞生的过程。

2007 年 3 月 25 日,我开始写博客。

博客里的不少内容是我的日记。我从小有写日记的习惯。从前用笔写在本子上,现在用键盘输入到电脑。可以公开的,就陆续贴在博客。

写日记有两个目的,一是练笔,二是总结自己的得失。

南京董宁文先生是《开卷》杂志执行主编。他每期都寄我,我放它在书柜最容易拿到的地方,有空就翻看,换来的是内心的宁静。我最喜欢《开卷》里的《开有益斋闲话》栏目,我的博客里有很多像"闲话"一样的内容——都和书有关。此次编辑成书,更是突出了这样一个主题。

香港文化人梁文道说:"一个人的书房,一

个人看什么书，一个人拥有哪些书，其实就是一个人的全部，就是这个人。"

我特别同意这句话。我展示我的书，讲我的阅读，看到的人会说我浅吗？

浅就浅吧，那是真实的我。

《喜欢书》能出版，最要感谢我阅读的那些书报刊，感谢我敬仰的大家的真知灼见，有些话，我原原本本抄了下来，希望读者和我一同分享思想的张力和文字的魅力。

这些看似随意的文字，虽然大都是只言片语，却是我对生活的态度，我是认真的。

对于书，我会一直喜欢下去，这是我此生最大的爱好。这样的文字也会一直写下去，希望越来越好。

《喜欢书》出版后，很多媒体都做了介绍，很多人也为它写了评论。我也乐意送这本书给朋友，一是印刷和装帧设计好，这就是我理想中书的样子；二是我摘抄的很多内容，你认真读，多多少少都会受益，这也可以作为一本励志的书。我一向低调，推荐《喜欢书》，我不低调。

两年来，我又写了一些日记，我很想把它再结集出版。2014年1月10日，江西高校出版社邱建国先生借参加北京图书订货会的机会来看我，那个中午，我们聊了很多出版的话题，如果不是下午要上班，我们可以一直说下去。他走后，我给他发短信，想把我的《喜欢书》(2)放在他那里出，他说没有问题，并建议我把《喜欢书》(1)也交给他。我同意。当初，《喜欢书》由麒麟传媒·尚书房策划，出版后当当网是销售主渠道，如今也早已断货。

这次集中出版，原来的《喜欢书》改叫《喜欢书一编》，把 2011 年的部分移到《喜欢书二编》，《喜欢书一编》是 2007 年 3 月至 2010 年的内容，《喜欢书二编》是 2011 年至 2013 年的内容。对于原来《喜欢书》中的错误之处做了订正。

出版这样的书，对我是一个总结。也希望读者能从中读到向上的力量。

孙卫卫

2014 年 2 月 11 日

跋二　书要为我所用

这是《喜欢书二编》，收录了我 2011 年至 2013 年有关书的日记。

书中多处写到了刘绪源先生和徐鲁先生。他们都是我喜欢的人，在文学的道路上，也给了我很多帮助。我不止一次向朋友介绍刘老师的书，介绍他批评的风格。想起徐鲁老师，就想起 1999 年冬天，我和他在他办公室见面的情景。当时是我们报社驻湖北记者站记者周凤荣女士带我过去的。我和徐鲁老师聊了一下午，话题都是儿童文学和出版。现在想想，真是莽撞得很，那个下午，他肯定有很多事要办。请他们作序，于我，是一次向他们致敬的机会。就好像我办了一场重大的活动，邀请他们做总执事一样。当然，也给他们增添了麻烦，感激在心。

刘老师在答应写之前，曾跟我说："我对书话类文章已形成自己的看法，序中可能会提出些写作上的建议，你觉得印在书上好吗？如不好，可不写序，我们私下交流也可。"我说："没有问题，我一直强调，批评家要敢于批评，被批评的人也要有胸怀容忍，我自己首先要做到。您大胆写吧。"我已做好了接受刘老师批评的准备，没想到写好后发给我的，还是和风细雨的一篇美文。他提出的三点意见,我觉得很中肯,确实是我存在的问题。我相信我可以改进和提高,我有这个信心。

徐鲁老师上次为我写序是 2002 年。两次,他都是表扬的话。他是散文大家、书话前辈,肯定看出了我文章中的很多不足,只是没有说出来而已。哪天见到他,我要当面向他讨教。他说徐迟先生不赞成他迷恋书话,我是第一次听说。我理解,徐迟先生是希望年轻人多写一些原创的东西。可以说,这与我对书话的态度是不谋而合的。我一直把自己定位在首先是一个儿童文学写作者,其次是一个爱书人。爱书是为了写作,书要为我所用,不是为了藏书而去藏书,也不是为了展示给别人。老实说,我也没有时间没有精力去做一个藏书人,成为一个藏书家。当然,对那些以藏书为职业的人,我是敬佩的,他们在做文化传承工作,只是我做不到而已。

现在有关书的日记越来越多,这种文体到底怎么写才有意义和有意思,我也很迷茫。当大家都写的时候,我的兴趣不如以前了。

孙卫卫

2015 年 1 月 18 日